ガールズ・ステップ

映画ノベライズ

宇山佳佑・原作
影山由美・著
江頭美智留・脚本

集英社みらい文庫

ガールズ★ステップ 登場《とうじょう》人物《じんぶつ》紹介《しょうかい》

GIRLS★STEP

西原《にしはら》あずさ

藤沢中央高校《ふじさわちゅうおうこうこう》に通《かよ》う平凡《へいぼん》な女子《じょし》高生《こうせい》。ダンスのテストを欠席《けっせき》したせいで、ジミーズとダンスイベントに出《で》ることに…。

小沢葉月《おざわはづき》

いつもお嬢様《じょうさま》を気取《きど》っているブリッ子《こ》。実《じつ》は母親《ははおや》の食堂《しょくどう》を手伝《てつだ》う頑張《がんば》り屋《や》さん。

岸本環《きしもとたまき》

休《やす》み時間《じかん》も惜《お》しんで勉強《べんきょう》しているガリ勉《べん》。成績優秀《せいせきゆうしゅう》な兄姉《きょうだい》にコンプレックスを持《も》つ。

貴《き》島《じま》美《み》香《か》

目《め》つきが悪《わる》く、金髪《きんぱつ》ヘアのヤンキー。
見《み》かけによらず、ラブリーな小物《こもの》が好《す》き。

片《かた》瀬《せ》愛《まな》海《み》

いつもスマホをいじっているスマホ中毒《ちゅうどく》。
SNS《エスエヌエス》で知《し》り合《あ》った男《おとこ》に近《ちか》づくが…。

池《いけ》辺《べ》保《たもつ》

あずさのとなりの家《いえ》に住《す》む幼《おさな》なじみ。
藤沢中央高校《ふじさわちゅうおうこうこう》のバスケ部《ぶ》のエース。

ケニー長尾《ながお》

ジミーズのダンスコーチ。
世界大会《せかいたいかい》で活躍《かつやく》したほどの名《めい》ダンサー。

ガールズ★ステップ

GIRLS★STEP 映画《えいが》ノベライズ

目《もく》次《じ》

♪ステップ1♫

「おはよう！」


あたしは大《おお》きな声《こえ》でそういって6年《ねん》1組《くみ》の教室《きょうしつ》に入《はい》った。

でも、クラスメートからの返事《へんじ》はない。

ヒソヒソ話《はな》す声《こえ》だけがあちこちから聞《き》こえてくる。

自分《じぶん》の席《せき》へ歩《ある》いていくと、ヒソヒソ話《ばなし》がクスクス笑《わら》う声《こえ》に変《か》わっていく。

「みんなどうしたの？」

そういった瞬間《しゅんかん》、自分《じぶん》の席《せき》に机《つくえ》も椅子《いす》もないのに気《き》づいた。

「あれ？　あたしの机《つくえ》は？　椅子《いす》は⁇」

その瞬間《しゅんかん》、クラスメートたちがゲラゲラ笑《わら》いだした。

「透明人間《とうめいにんげん》の机《つくえ》は透明《とうめい》なんじゃない？」

「透明人間《とうめいにんげん》……」

その言葉《ことば》にあたしは凍《こお》りついた。

その時《とき》だ。


タン♪タン♪……タタン♪

タン♪タン♪……タタン♪


教室《きょうしつ》の扉《とびら》が開《ひら》いて、背《せ》の高《たか》い男《おとこ》の人《ひと》が近《ちか》づいてきた。

顔《かお》を見《み》ようとしたけど、ぼんやりしてよくわからない。

そしたら、男《おとこ》の人《ひと》が両手《りょうて》を広《ひろ》げていった。

「こんな時《とき》は踊《おど》っちゃえばいいのさ、ＪＫ《ジェーケー》！」

「えっ!?」

男《おとこ》の人《ひと》は、キレッキレのダンスをしながら、いきなりあたしの腕《うで》をつかんだ。

「ほら、笑《わら》って！　ダンス、ダンス!!」

「ダ、ダンスって……ムリムリっ!?」

なのにその人《ひと》があたしをひっぱりまわすと、あたしの足《あし》が勝手《かって》にステップを踏《ふ》んでる。

まるで魔法《まほう》みたい……

「そんじゃ、フィニッシュッ!!」

あたしはコマみたいにクルクルまわって、まわって、まわって……

「ひゃ〜〜〜ッ!!」

＊　＊　＊

ベッドから落《お》ちて、あずさは目《め》を覚《さ》ました。

「う……う〜〜ん……アタタ……夢《ゆめ》か……」

急《いそ》いでベッドから飛《と》びおきた。

チェストの上《うえ》の鏡《かがみ》を見《み》ると、小学生《しょうがくせい》ではない、高校生《こうこうせい》の自分《じぶん》が映《うつ》っていた。

『そうよ、あたしはもうＪＫ《ジェーケー》なんだから……ん？』

ＪＫ《ジェーケー》＝女子高生《じょしこうせい》
さっき夢《ゆめ》にでてきた男《おとこ》の人《ひと》もそういっていたな、と思《おも》いだしてクスッと笑《わら》った。

「ん〜〜、時間《じかん》がない！　ごちそうさまっ!!」

朝食《ちょうしょく》の目玉焼《めだまや》きを片方《かたほう》だけ食《た》べて、あずさは自転車《じてんしゃ》で飛《と》びだした。

いつものように駅《えき》にむかう坂道《さかみち》を一気《いっき》におりていくと、遠《とお》くに広《ひろ》がる海《うみ》が今日《きょう》もお日様《ひさま》をあびてキラキラ輝《かがや》いている。

あずさは都内《とない》からそう遠《とお》くない、緑《みどり》と海《うみ》のあるこの街《まち》が大好《だいす》きだ。

「今日《きょう》はいいことありそう……！」

変《へん》な夢《ゆめ》のことも忘《わす》れて、思《おも》いっきりペダルを踏《ふ》んだ。

駅《えき》のホームに走《はし》っていくと、いつもの電車《でんしゃ》がちょうど到着《とうちゃく》するところだった。

「セーフ！」

電車《でんしゃ》に乗《の》りこむ瞬間《しゅんかん》、うしろの人《ひと》に押《お》されてバランスを崩《くず》し、

ドンッ！


誰《だれ》かの背中《せなか》に思《おも》いっきり頭突《ずつ》きを食《く》らわせてしまった。

「わぁっ！　ご、ごめんなさい!!」

「おまえ、またチア部《ぶ》の朝練《あされん》、見《み》にいくの？」

と、相手《あいて》が振《ふ》りかえった。

「ん!?　た、保《たもつ》……！　な、なんで……バスケ部《ぶ》の朝練《あされん》、遅刻《ちこく》じゃないの!?」

池辺保《いけべたもつ》――

「今日《きょう》は朝練《あされん》ないんだよ」

家《いえ》がとなり同士《どうし》で、なんと幼稚園《ようちえん》から高校《こうこう》までずっと一緒《いっしょ》の幼《おさな》なじみ。

親同士《おやどうし》も仲《なか》がよく、いまだに、花火《はなび》だ、バーベキューだ、なんだと、お互《たが》いの家《いえ》でよくホームパーティをしている。

でも、最近《さいきん》、それがちょっと重荷《おもに》だ。

保《たもつ》は子《こ》どものころから、あずさの部屋《へや》に勝手《かって》に入《はい》って漫画《まんが》を読《よ》んだり、CD《シーディー》を借《か》りていったりしているが、高校生《こうこうせい》になったいまも変《か》わらない。

「女子《じょし》の部屋《へや》に勝手《かって》に入《はい》るなんてありえない!!」

あずさが抗議《こうぎ》しても、

「いいじゃん。オレたち兄妹《きょうだい》みたいなもんだし」

保《たもつ》は涼《すず》しい顔《かお》でそういうが、そのいい方《かた》にはちょっと傷《きず》つく。

幼稚園《ようちえん》のころは、かけっこで転《ころ》んでビービー泣《な》いてたくせに、いまではスラリと背《せ》が高《たか》いイケメンで、バスケ部《ぶ》のエースだ。

彼女《かのじょ》がいるってウワサもある。

つまり、あずさは『妹《いもうと》』以上《いじょう》になれるわけないってことだ。

「あずさ、そんなにチア部《ぶ》が好《す》きなら、いっそ入部《にゅうぶ》すれば？」

「えっ!?　ムリだよ、あたしなんて……」

チア部《ぶ》といえば部活《ぶかつ》の中《なか》でも花形《はながた》だ。

成績《せいせき》はフツー。

顔《かお》もスタイルもフツー。

得意《とくい》なこともなんにもないから、帰宅部《きたくぶ》やってるのだ。


その時《とき》、カーブに入《はい》った電車《でんしゃ》が大《おお》きく揺《ゆ》れた。

「あっ！」

バランスを崩《くず》し、うしろに倒《たお》れそうになったあずさの肩《かた》を保《たもつ》の腕《うで》がすばやく支《ささ》えた。

保《たもつ》の顔《かお》がメチャ近《ちか》い！

ドキドキドキ……

赤《あか》くなった顔《かお》を見《み》られないように、あずさはあわてて保《たも》つに背《せ》をむけた。

「おさきっ！」

電車《でんしゃ》が駅《えき》に着《つ》くなり、あずさはホームに飛《と》びおりて、学校《がっこう》へとむかった。

ガランとした2年《ねん》A《エー》組《ぐみ》の教室《きょうしつ》に入《はい》ると、いつものとおりすみっこの席《せき》で単語帳《たんごちょう》をめくりながらブツブツいっている岸本環《きしもとたまき》――ひょろりと背《せ》が高《たか》いのを気《き》にしてか、猫背気味《ねこぜぎみ》で、度《ど》の強《つよ》い眼鏡《めがね》をかけたその顔《かお》はいつもオドオドして見《み》える――がいた。

毎日《まいにち》、こうやって勉強《べんきょう》しているわりに成績《せいせき》がいいという話《はなし》は聞《き》いたことがない。

「おはよう！」

すると環《たまき》は背中《せなか》をまるめたまま頭《あたま》だけ振《ふ》りむいて、ペコッと頭《あたま》をさげる。

「おはようございます」

いつもながら暗《くら》い。

体育館《たいいくかん》ではチア部《ぶ》が音楽《おんがく》にあわせ、華《はな》やかなダンスを披露《ひろう》していた。

「やってる、やってる！」

あずさは見学《けんがく》している他《ほか》の生徒《せいと》にまじって、その演技《えんぎ》に見入《みい》った。

「うわぁ、カッコいいよねぇ……」

それにチア部《ぶ》はスタイル抜群《ばつぐん》の美少女《びしょうじょ》ぞろい。

中《なか》でもひときわ輝《かがや》いているのがクラスメートでキャプテンの倉田結衣《くらたゆい》だ。

しかも、関東大会《かんとうたいかい》で準優勝《じゅんゆうしょう》を果《は》たし、次《つぎ》は優勝《ゆうしょう》を目指《めざ》している部《ぶ》。

どう考《かんが》えても自分《じぶん》なんかが入《はい》れる場所《ばしょ》じゃない。

アクロバティックな技《わざ》が決《き》まって、

「じゃ、ここまで！」

結衣《ゆい》の一声《ひとこえ》で、朝練《あされん》が終了《しゅうりょう》した。

あずさは結衣《ゆい》や同《おな》じくクラスメートのひなた、桜子《さくらこ》にかけよって、

「ねえ、みんなお腹《なか》すいたんじゃない？　売店《ばいてん》でなにか買《か》ってこようか？」

「わっ、あずさ、気《き》がきく～」

「あたし、あれ！　フレンチトーストがいいな」

「わたし、チョコクロワッサン！」

「わかった！　結衣《ゆい》は？」

「じゃ、わたしはヨーグルト……」

「うん、それから？」

学校《がっこう》ではいわゆる『勝《か》ち組《ぐみ》』の結衣《ゆい》たちと一緒《いっしょ》にいると、フツーの自分《じぶん》が、ちょっとだけ特別《とくべつ》になった気持《きも》ちになれる。

だから、彼女《かのじょ》たちのためならなんでもやってあげたい気持《きも》ちになるのだ。

あずさは売店《ばいてん》へ足早《あしばや》に歩《ある》いていった。

その時《とき》、下駄箱《げたばこ》のほうからスマホをいじりながら現《あらわ》れたのは片瀬愛海《かたせまなみ》――いつもうつむいてスマホをいじっているので、まともに顔《かお》を見《み》たことがない。

「おはよう！　片瀬《かたせ》さん」

「……」

それどころか声《こえ》も聞《き》いたことがない。

売店《ばいてん》で買《か》い物《もの》をすませたあずさは、急《いそ》いで教室《きょうしつ》へむかった。

結衣《ゆい》たちが着替《きが》えて戻《もど》ってくるのに間《ま》にあわない。

廊下《ろうか》をまがった瞬間《しゅんかん》、誰《だれ》かとぶつかって抱《かか》えていたパンがふっ飛《と》んだ。

「わぁ！　ごめんなさいっっ!!」

今日《きょう》はよく人《ひと》にぶつかる日《ひ》だ……と思《おも》った瞬間《しゅんかん》、怒鳴《どな》り声《ごえ》がひびきわたった。

「どこ見《み》てんだよ！　てめぇ～っ」

ギクッとして顔《かお》をあげると、なんと相手《あいて》は貴島美香《きじまみか》――学校《がっこう》サボる、タバコ吸《す》う、暴《あば》れる、で有名《ゆうめい》なヤンキーで、同《おな》じクラスなのにほとんど教室《きょうしつ》にいるのを見《み》たことがない生徒《せいと》だ。

あずさは美香《みか》のするどい眼光《がんこう》にビビりながらも、茶髪《ちゃぱつ》を結《むす》んでいるピンクのポンポンが妙《みょう》にラブリーなのに目《め》がいってしまう。

「おめ、パシリかぁ？」

美香《みか》は散《ち》らばったパンを乱暴《らんぼう》にかき集《あつ》めるとあずさの腕《うで》に抱《かか》えさせ、

「しゃーねぇなっ！」

そういって、遠巻《とおま》きに見《み》ている生徒《せいと》たちを蹴散《けち》らすように歩《ある》いていくと、屋上《おくじょう》にむかう階段《かいだん》をのぼってしまった。

今日《きょう》も授業《じゅぎょう》はサボるのだろうか。

あずさはホッとしながらも、

「パシリって……そんなんじゃないのに！」

そうつぶやいた。


「おまたせ～！」

あずさがそういって教室《きょうしつ》へ入《はい》ろうとした時《とき》、目《め》の前《まえ》をふわふわした物《もの》がさえぎった。

「うふっ。おさきにっっ」

小沢葉月《おざわはづき》――ゆるふわウェーブヘアがお嬢様風《じょうさまふう》。

でも、こぢんまりしたその顔立《かおだ》ちにはまるで似合《にあ》っていない。

「みなさん、聞《き》いてくれますぅ？　今朝《けさ》は駅《えき》で西高《にしこう》の男子《だんし》にナンパされちゃいまして……

ウチでは男女交際禁止《だんじょこうさいきんし》されてますのに、ホント困《こま》りますわ～」

いつもウソくさい話《はなし》ばかりするのでみんなからスルーされている。

「ナンパとかマジありえない」

「男女交際禁止《だんじょこうさいきんし》ってより、接近禁止《せっきんきんし》でしょ」

「なんたって『ジミーズ』だもんね」

ひなたと桜子《さくらこ》がわざと聞《き》こえるようにそういった。

ジミーズ――

ブリッ子《こ》・小沢葉月《おざわはづき》
ガリ勉《べん》・岸本環《きしもとたまき》
スマホ中毒《ちゅうどく》・片瀬愛海《かたせまなみ》
ヤンキー・貴島美香《きじまみか》

4人《にん》はクラスでそう呼《よ》ばれていた。

地味《じみ》で目立《めだ》たないから？

いや、どっちかというとクラスで浮《う》いていて目立《めだ》つかも。

たぶん、誰《だれ》とも友《とも》だちになれなくて、存在感《そんざいかん》ないって意味《いみ》かもしれない。

『ジミーズじゃなくてよかった……』

あずさはジミーズという言葉《ことば》を聞《き》くたびにそう思《おも》った。


放課後《ほうかご》、チア部《ぶ》を応援《おうえん》するために体育館《たいいくかん》へいこうとしていたあずさは、呼《よ》びだしのアナウンスに足《あし》をとめた。

「次《つぎ》の人《ひと》は職員室《しょくいんしつ》へきてください。2年《ねん》A《エー》組《ぐみ》の小沢葉月《おざわはづき》さん……片瀬愛海《かたせまなみ》さん……貴島美《きじまみ》香《か》さん……岸本環《きしもとたまき》さん……」

『ジミーズ……？』

思《おも》わずふきだした瞬間《しゅんかん》、

「西原《にしはら》あずささん……藤原先生《ふじわらせんせい》がお呼《よ》びです」

「えっ、あたし!? なんで、あたしがっ??」

担任《たんにん》であり、体育教師《たいいくきょうし》である藤原先生《ふじわらせんせい》は、スラリと背《せ》が高《たか》く、キリッとした顔立《かおだ》ちの凛々《りり》しい女性《じょせい》。

男子《だんし》だけでなく、女子《じょし》もが憧《あこが》れる先生《せんせい》だ。

その先生《せんせい》の前《まえ》にジミーズとともにならんだあずさは、落《お》ち着《つ》かなかった。

呼《よ》びだされたことも不安《ふあん》だけど、こうしていると自分《じぶん》までジミーズのメンバーになったような気分《きぶん》になってしまう。

「あなたたち、ダンスのテスト、欠席《けっせき》して受《う》けてないでしょ」

藤原先生《ふじわらせんせい》は自分《じぶん》の席《せき》で長《なが》い足《あし》を組《く》み、よく通《とお》る声《こえ》であずさたちにそういった。

「ダンスは必修《ひっしゅう》です。このままだと単位《たんい》あげられないわね」

「え〜〜っ!」

あずさとジミーズは思《おも》わず叫《さけ》んだ。

「単位《たんい》もらえなかったらどうなるんですか!?」

あずさが、焦《あせ》ってそういうと、葉月《はづき》、愛海《まなみ》が、

「まさか、落第《らくだい》……ですの!?」

「そんなっ……！」

「わたし、母《はは》になんていえばいいのでしょうか……!?」

環《たまき》も泣《な》きそうな声《こえ》でいい、

「どうにかなんねえのかよっ、センセ！」

美香《みか》がバン！　と机《つくえ》に両手《りょうて》を乗《の》せて藤原先生《ふじわらせんせい》をのぞきこんだ。

すると、先生《せんせい》はおもむろに1枚《まい》のチラシを取《と》りだして、

「あなたたち、これにでなさい」

あずさたちに突《つ》きつけた。

「……藤沢《ふじさわ》オータム・フェスティバル？」

それはあずさたちの街《まち》で毎年秋《まいとしあき》に開催《かいさい》される、イベントだ。

「うちの学校《がっこう》からもなにかパフォーマンスで参加《さんか》しなきゃならないの。これにでたら、テ

スト受《う》けたことにしてあげます」

「パフォーマンスって、なにをしたら……」

あずさがいい終《お》わらないうちに、

「ストリートダンス」

「ストリートダンスぅ!?」

あずさとジミーズは同時《どうじ》に叫《さけ》んだ。

「それって……もしかしてＥＸＩＬＥ《エグザイル》みたいなダンスでしょうか？」

環《たまき》がこわれたロボットのようにキコキコとぎこちなく手脚《てあし》を動《うご》かすのを見《み》て、全員《ぜんいん》ふきだした。

「ガリ勉《べん》でもＥＸＩＬＥ《エグザイル》は知《し》ってんだ……」

美香《みか》が笑《わら》いながらつぶやいた。

「えっ？　ちがいます？」

「そうよ。そのダンス。フェスティバルまであと２週間《しゅうかん》。明日《あした》からコーチにきてもらうから、放課後《ほうかご》、毎日《まいにち》２時間《じかん》、しっかり練習《れんしゅう》するように。以上《いじょう》」

あずさとジミーズはすっかり意気消沈《いきしょうちん》して職員室《しょくいんしつ》からでた。

「ムリ……絶対《ぜったい》ムリ……」

あずさがつぶやくと、環《たまき》も不安《ふあん》そうに、

「1日《にち》2時間《じかん》……勉強時間《べんきょうじかん》がへるぶん、睡眠時間《すいみんじかん》をけずらなくては……」

「バレエとか社交《しゃこう》ダンスならともかく、ストリートダンスだなんて……」

葉月《はづき》がそういって体《からだ》をくねらせ、愛海《まなみ》はスマホを抱《だ》きしめて、大《おお》きなため息《いき》をついた。

「2週間《しゅうかん》……学校《がっこう》サボれねぇってことじゃん」

美香《みか》がそういってそばのゴミ箱《ばこ》を蹴飛《けと》ばした。

あずさたちが思《おも》わず美香《みか》を見《み》ると、美香《みか》がギロッとにらんだ。

一同《いちどう》があわてて目《め》をそらすと、

「なに目《め》ぇそらしてんだよ」

「すみません」

環《たまき》がペコリと頭《あたま》をさげたその時《とき》、外《そと》でエンジン音《おん》がひびいた。

バウンバウン……

大《おお》きなバイクの音《おと》だ。

「お、慶太《けいた》だ♪」

美香《みか》はうれしそうにダッシュで下駄箱《げたばこ》のほうへかけだした。

どうやら彼氏《かれし》が迎《むか》えにきたらしい。

年上《としうえ》で元暴走族《もとぼうそうぞく》といううわさだ。

すると葉月《はづき》も、

「あっ、わたし、じゃ、ピアノのレッスンに遅《おく》れちゃいますんで〜！」

と、ぴょんぴょんスキップしながら去《さ》っていく。

愛海《まなみ》はチャットアプリの着信音《ちゃくしんおん》が鳴《な》ると、スマホをいじりながらフェードアウト。

そして環《たまき》は、

「では、わたしも塾《じゅく》がありますので。明日《あした》からよろしくお願《ねが》いします！」

あずさにきっちりお辞儀《じぎ》すると、猫背《ねこぜ》で去《さ》っていった。

「あ〜〜、もう信《しん》じられない……」

ひとり取《と》りのこされたあずさはトボトボと歩《ある》きだした。

体育館《たいいくかん》へいったあずさは、チア部《ぶ》の練習《れんしゅう》を見《み》ている間《あいだ》もダンスのことが頭《あたま》からはなれない。

『ストリートダンスだってムリなのに、大勢《おおぜい》の前《まえ》で踊《おど》るなんて絶対《ぜったい》ムリ！　ありえないっ!!』

その時《とき》、

「あずさっ！」

保《たもつ》の声《こえ》がしたかと思《おも》うと、いきなりバスケットボールが飛《と》んでくるのが見《み》えた。

「きゃっ！」

あずさはとっさに飛《と》びのいて、ボールをよけた。

コートから保《たもつ》が走《はし》ってきて、

「ゴメン！」

「あ、うん、平気《へいき》……」

そーっとすみのほうへ移動《いどう》すると、チア部《ぶ》で個人指導《こじんしどう》していた結衣《ゆい》が心配《しんぱい》そうにあずさを見《み》ていた。


「ええ〜〜っ！　ウソっ!!」

部活《ぶかつ》が終《お》わったあと、オータム・フェスティバルの話《はなし》を聞《き》いた結衣《ゆい》たちは思《おも》わず叫《さけ》んだ。

「しかも、ジミーズと一緒《いっしょ》に!?」

「すごい罰《ばつ》ゲームだわ。ウケる〜〜！」

ひなたや桜子《さくらこ》の言葉《ことば》に、

「だよねぇ……」

あずさはますます落《お》ちこんだ。

そんなあずさに結衣《ゆい》が、

「でも、出場《しゅつじょう》すれば単位《たんい》もらえるんでしょ。なんとかなるわよ。２週間《しゅうかん》だけがんばればいいじゃない」

「うん。２週間《しゅうかん》だけ……」

そうすれば、また結衣《ゆい》たちと一緒《いっしょ》にいられる時間《じかん》が戻《もど》ってくるのだ。

すると、ひなたと桜子《さくらこ》が両側《りょうがわ》から腕《うで》を肩《かた》にまわしてきて、

「ま、ま、どんよりしないで。そーだ！　カラオケいこうよ」

「いいじゃん、いいじゃん。パーッと歌《うた》って忘《わす》れちゃえ！」

結衣《ゆい》もあずさの顔《かお》をのぞきこんでいった。

「そうしよ、あずさ」

「……うん」


カラオケで練習《れんしゅう》のストレスを発散《はっさん》するのが結衣《ゆい》たちの楽《たの》しみのひとつだった。

結衣《ゆい》やひなたたちは次々《つぎつぎ》にマイクを持《も》って歌《うた》い、踊《おど》って大騒《おおさわ》ぎだ。

「ふぁ〜、のど渇《かわ》いちゃった！　あずさ、コーラたのんで！」

「あ、唐揚《からあ》げも!!」

「OK《オーケー》！」

あずさはインターフォンを取《と》ってお店《みせ》に注文《ちゅうもん》を伝《つた》える。

そして、みんなと一緒《いっしょ》に歌《うた》いながらも、リクエスト曲《きょく》を探《さが》したり、タンバリンで応援《おうえん》したりして、もりあげるために気《き》を配《くば》る。

そうやって一緒《いっしょ》に騒《さわ》げる仲間《なかま》がいることが、あずさにとってたまらなく幸《しあわ》せなことなのだ。

ヘトヘトになるまで歌《うた》って踊《おど》って解散《かいさん》。


「ホントになんとかなるのかなぁ……」

あずさは帰《かえ》りの電車《でんしゃ》に揺《ゆ》られながらつぶやいた。

カラオケでふき飛《と》んだと思《おも》った不安《ふあん》は、心《こころ》のすみっこでだんだん大《おお》きく波立《なみだ》っていた。

まるで窓《まど》の外《そと》に見《み》える夜《よる》の海《うみ》のように。

ステップ2

「ああ、やっぱりムリ……！」

体操《たいそう》のジャージに着替《きが》えて体育館《たいいくかん》へやってきたあずさは深《ふか》いため息《いき》をついた。

チア部《ぶ》や体操部《たいそうぶ》、バスケ部《ぶ》の生徒《せいと》たちが、今日《きょう》も全力《ぜんりょく》で部活《ぶかつ》にはげんでいる。

でも、あずさはジミーズと一緒《いっしょ》にすみっこの壁《かべ》にもたれかかって、藤原先生《ふじわらせんせい》が呼《よ》んでくれたというダンスのコーチを待《ま》っていた。

「コーチ、本当《ほんとう》にいらっしゃるんでしょうか……」

環《たまき》が不安《ふあん》そうにいうと、葉月《はづき》が、

「今日《きょう》は両親《りょうしん》とホテルでディナーの予定《よてい》なのに、遅刻《ちこく》は困《こま》ります～」

「えっ⁉　ホテルでディナー⁉」

スマホをいじっていた愛海《まなみ》が思《おも》わず葉月《はづき》を見《み》た。

すると美香《みか》がイライラした声《こえ》で、

「……ったく、やってらんね～」

そういうなり、モコモコ、ラブリーなクマのポーチをつかんで、校庭側《こうていがわ》の出口《でぐち》のほうへ大股《おおまた》で歩《ある》きだした。

「あら？」

「貴島《きじま》さん、どこへいくんですか？」

葉月《はづき》と環《たまき》があわてて呼《よ》びとめると、美香《みか》は片手《かたて》でタバコを吸《す》う仕草《しぐさ》をして、

「休憩《きゅうけい》」

「それは、喫煙《きつえん》ということでしょうか？」

「まあ、不良《ふりょう》ですわ～！」

「ぬぁんだとぉ⁉」

その声《こえ》に体育館《たいいくかん》にいた生徒《せいと》たちが、ハッと動《うご》きをとめ、あずさたちのほうを見《み》た。

いまにも飛《と》びかかりそうな美香《みか》に愛海《まなみ》がさっと壁際《かべぎわ》に逃《に》げる。

あずさは思《おも》わず割《わ》って入《はい》った。

「ま、待《ま》って！　みんな仲《なか》よくやろうよぉ」

「うっせーな！　いい子《こ》ぶってんじゃねーよ！」

その時《とき》だった。


タン♪タン♪……タタン♪

タン♪タン♪……タタン♪


軽快《けいかい》な音楽《おんがく》とともに、軽《かろ》やかな足音《あしおと》が体育館《たいいくかん》にひびきわたった。

「よぉ～！　みんなやってるねえ」

中折《なかお》れ帽《ぼう》をななめにかぶり、ポータブルCD《シーディー》プレーヤーを肩《かた》に担《かつ》いだ男《おとこ》が音楽《おんがく》にあわせてステップしながら入《はい》ってきた。

部活中《ぶかつちゅう》の生徒《せいと》たちが怪訝《けげん》そうに見《み》ている中《なか》を悠々《ゆうゆう》と歩《ある》き、チア部《ぶ》のそばにいくと、

「JK《ジェーケー》たち、いい動《うご》きしてるじゃない。バク転《てん》とか、ピラミッドとかもやれるの？」

『JK《ジェーケー》……』

あずさはその呼《よ》び方《かた》をどこかで聞《き》いたような気《き》がした。

「ま、それだけ動《うご》ければストリートダンスなんて楽勝《らくしょう》でしょ。オレがしっかり指導《しどう》してやっから」

「それだったら、あっちだと思《おも》いますけど」

結衣《ゆい》があずさたちを指《ゆび》さした。

「へ？」

男《おとこ》の目《め》が、華《はな》やかなチア部《ぶ》にくらべたら地味《じみ》〜〜な、あずさとジミーズをとらえた。

「お〜っ！　これは個性的《こせいてき》なJK《ジェーケー》がおそろいだ‼　いいね、いいよ‼!」

大《おお》きく腕《うで》を広《ひろ》げて外国人《がいこくじん》のような大《おお》げさな身振《みぶ》りであずさたちの前《まえ》にやってくると、

「オレ、ケニー長尾《ながお》。君《きみ》たちのコーチだ。これから2週間《しゅうかん》、君《きみ》たちにダンス、バッチリしこむからよろしく！」

あずさたちはもめていたことも忘《わす》れ、壁際《かべぎわ》に身《み》をよせあってケニーを見《み》つめた。

「チャラい……」

あずさが思《おも》わずつぶやくと、環《たまき》が眼鏡《めがね》の位置《いち》をクイッとなおして、

「外国《がいこく》の方《かた》でしょうか……？」

葉月《はづき》、愛海《まなみ》も、

「まさかぁ！」

「日本人《にほんじん》だよ」

「うっぜ〜っ、ヤツ!!」

美香《みか》がギロッとにらむと、

「いいよ、君《きみ》ぃ！　目《め》の輝《かがや》きがちがうな、えっと……貴島美香《きじまみか》ちゃ〜ん」

ケニーが体操着《たいそうぎ》のゼッケンを見《み》ていうと、

「なめてんのか、てめぇ！」

「てめぇじゃなくて、ケニー。ケニーって呼《よ》んで！　ほんじゃ、え〜、西原《にしはら》あずさちゃん、岸本環《きしもとたまき》ちゃん、片瀬愛海《かたせまなみ》ちゃん、小沢葉月《おざわはづき》ちゃんも、ちょっと体動《からだうご》かしてみようか」

「〝ちゃん〟はやめろよ。ムカつく」

美香《みか》が不機嫌《ふきげん》にいうと、

「じゃあ～、ＪＫ《ジェーケー》づけね」

「はぁ？」

まあ、「ちゃん」づけよりはマシかもしれない。

「西原ＪＫ《にしはらジェーケー》、小沢ＪＫ《おざわジェーケー》、岸本ＪＫ《きしもとジェーケー》、片瀬ＪＫ《かたせジェーケー》に貴島ＪＫ《きじまジェーケー》！　どんどん動《うご》いちゃって!!」

あずさたちは戸惑《とまど》って、

「動《うご》くって……？」

「音楽《おんがく》にあわせて好《す》きに踊《おど》るのよ。ほら、こうやって！」

ケニーはノリノリで踊《おど》りはじめた。

あずさたちがあ然《ぜん》としてそれを見《み》ていると、

「なにやってるの！　ＪＫ《ジェーケー》たちも踊《おど》って、踊《おど》って!!」

「は、はい！」

環《たまき》がぎこちなく手足《てあし》を動《うご》かしはじめた。

あずさたちも仕方《しかた》なくそれにつづいた。

体育館中《たいいくかんじゅう》の生徒《せいと》が自分《じぶん》たちを見《み》ているような気《き》がする。

『メチャ、恥《は》ずかしい……』

あずさはジミーズたちの陰《かげ》に隠《かく》れるように踊《おど》りながら、みんなのダンスを見《み》ていた。

葉月《はづき》は、ノリはいいけど、なんとなくぴょんぴょんかわい子《こ》ぶって見《み》える。

愛海《まなみ》はやる気《き》ない感《かん》まるだしのだらだらしたダンス。

環《たまき》は一所懸命《いっしょけんめい》やっているけど、動《うご》きがカチコチでぎこちない。

美香《みか》は、エネルギッシュだけど動《うご》きが雑《ざつ》でやけくそって感《かん》じだ。

するとケニーが、

「ヘイ！　JK《ジェーケー》たち、しかめっ面《つら》じゃ、ダンスがガッチガチになっちゃうぜ。ほら、笑顔《えがお》で！　スマイル！　スマイル！」

スマイルっていわれても、みんなひきつった笑顔《えがお》になってしまう。

「いいねえ、貴島JK《きじまジェーケー》パワフルじゃん！　もうちょいお腹《なか》の筋肉《きんにく》、意識《いしき》して」

「岸本《きしもと》ＪＫ《ジェーケー》、足長《あしなが》いねえ！　もっと肩《かた》の力《ちから》抜《ぬ》いて、膝高《ひざたか》くあげるとカッコいいよ！」

「小沢《おざわ》ＪＫ《ジェーケー》、アイドルしてるねぇ。そこにシャープさもほしいな。もっと腕《うで》の動《うご》き大《おお》きく！」

「片瀬《かたせ》ＪＫ《ジェーケー》、顔《かお》あげて！　カワイイ顔《かお》、ちゃんと見《み》せないと。うん、いいよ、いいよ」

ケニーはみんなをヨイショしまくる。

「あれ？　西原《にしはら》ＪＫ《ジェーケー》、もしかしてダンス経験《けいけん》アリ？」

「えっ、ないない！　ないです！」

「そうなの？　なかなかイケてるじゃない。よしっ、決《き》めた！　センターは西原《にしはら》ＪＫ《ジェーケー》ね」

『ゲッ！』

「センターなんてムリです！」

「じゃ、そういうことで、西原《にしはら》JK《ジェーケー》、センターでフォーメーション考《かんが》えとくから。今日《きょう》はここまで！」

「いや、あのっ、ホントにムリですからっ！」

「そんじゃ、また！　See《シー》　you《ユー》　tomorrow《トゥモロー》!!」

そういうと、CD《シーディー》プレーヤーを肩《かた》に乗《の》せ、軽快《けいかい》なステップで去《さ》っていった。

「無視《むし》された……」

「大丈夫《だいじょうぶ》ですよ、西原《にしはら》さんなら」

「うんうん」

環《たまき》と葉月《はづき》にそういわれても全然大丈夫《ぜんぜんだいじょうぶ》な気《き》がしない。

「めんどくせーけど、いうとおりにしてりゃ単位《たんい》もらえんだし」

美香《みか》が大《おお》きな伸《の》びをしながらいうと、愛海《まなみ》が小《ちい》さくうなずいた。

『そりゃそうだけど……』

あずさには荷《に》が重《おも》すぎる。

泣《な》きたい気分《きぶん》だった。

その晩《ばん》はお月様《つきさま》がきれいだった。

『お月様《つきさま》、どうかケニーの気《き》が変《か》わりますように……』

あずさが部屋《へや》のベランダでそんなふうに祈《いの》っていると、

「あずさ、センターやるんだってな」

となりの家《いえ》のベランダにでてきた保《たもつ》がいった。

「な、なんでそんなこと知《し》ってるのよ!?」

「だって今日《きょう》、体育館《たいいくかん》でおまえらのコーチがでかい声《こえ》でいってたろ」

「……!」

「がんばれよ」

「……がんばったってできないものはできないよ」

「できないと思《おも》いこんでるだけじゃね？」

「!?　え……」

あずさは思《おも》わず保《たもつ》の顔《かお》を見《み》た。

「幼稚園《ようちえん》のころ、おまえ、踊《おど》るの大好《だいす》きだったじゃん」

「ええ??」

そんなこと覚《おぼ》えていない。

「運動会《うんどうかい》のダンスの練習《れんしゅう》、すっげえ楽《たの》しそうにやってただろ。オレはちっともうまくできなくて、あずさ、教《おし》えてくれたじゃないか」

「そんなことあったっけ……?」

幼稚園《ようちえん》のころ?


「ほら、保《たもつ》。両手《りょうて》をあげて、右足《みぎあし》トン!　左足《ひだりあし》トン!

ぐるっとまわって……」

「え〜、わかんない!」

「わかんなくないっ!　もう1回《かい》!　両手《りょうて》をあげて、右足《みぎあし》トン!　左足《ひだりあし》トン!」

忘《わす》れていた記憶《きおく》がよみがえってきた。

「な？　だから、できるって」

「……人《ひと》のことだと思《おも》って！」

幼稚園《ようちえん》のころは毎日《まいにち》が楽《たの》しかった。でも小学生《しょうがくせい》になってから、いろいろあって――まだその記憶《きおく》のほうが強烈《きょうれつ》で心《こころ》がチクチクした。

その晩《ばん》はなかなか眠《ねむ》れなかった。

明《あ》け方《がた》になってやっとウトウトしはじめたあずさは、しっかり寝坊《ねぼう》をしてしまった。

「あ～～～！　チアの朝練《あされん》、終《お》わっちゃうよね……」

そう思《おも》いながら校門《こうもん》にたどりついた時《とき》、うしろからバリバリとエンジン音《おん》を立《た》てながら、大型《おおがた》バイクがやってきた。

目《め》つきがするどく、派手《はで》な特攻服《とっこうふく》を着《き》た、いかにも暴走族《ぼうそうぞく》という感《かん》じの男《おとこ》が、女生徒《じょせいと》をうしろに乗《の》せている。

あずさがあわてて目《め》をそらすと、

「サンキュー、慶太《けいた》！」

聞《き》き覚《おぼ》えのある声《こえ》……

ヘルメットを取《と》りながらおりてきたのは美香《みか》だった。

「しっかりやってこいよ！」

「お〜〜！」

バリバリと帰《かえ》っていく慶太《けいた》と、それを見送《みおく》る美香《みか》を見《み》ていると、美香《みか》が振《ふ》りむいた。

「おっす！　西原《にしはら》JK《ジェーケー》!!」

「えっ、あ、おはよう、貴島《きじま》さん……」

美香《みか》はこわい目《め》でフッと笑《わら》うと、大股《おおまた》で前《まえ》を歩《ある》いていく。

美香《みか》を追《お》い抜《ぬ》く勇気《ゆうき》もなく、ついていくと、ふいに美香《みか》が立《た》ちどまって振《ふ》りかえった。

ギクッと立《た》ちすくんだあずさに、

「1限《げん》なんだっけ？」

「えっ、ああ、数学《すうがく》……だけど」

「たりぃな……パス、すっか」

スタスタとまた歩《ある》きだす。

あずさがそう思《おも》った瞬間《しゅんかん》、また美香《みか》は立《た》ちどまった。

『サボり？』

『うわっ……』

あずさはぶつかる寸前《すんぜん》でとまった。

すると美香《みか》は背中《せなか》をむけたまま、空《そら》をあおいで、

「やっぱそれはまずいよな。慶太《けいた》と約束《やくそく》してんだし……ま、とりあえず休憩《きゅうけい》」

そのまま校舎《こうしゃ》に入《はい》っていった美香《みか》は、結局《けっきょく》、教室《きょうしつ》を素通《すどお》りして『休憩《きゅうけい》』するために屋上《おくじょう》へ消《き》えていった。

「ふぅ……」

ため息《いき》をついた瞬間《しゅんかん》、うしろから、

「西原《にしはら》さん、おっはよ〜」

葉月《はづき》がバタバタやってきて、

「今日《きょう》もダンスのレッスンですわね。センター、よろしく」

「それをいわないでよ。プレッシャーなんだから」

話《はな》しながら教室《きょうしつ》に入《はい》ると、机《つくえ》にむかって辞書《じしょ》を開《ひら》いていた環《たまき》が顔《かお》をあげ、

「あ……おはようございます」

スマホをいじっていた愛海《まなみ》も、コクンと軽《かる》く頭《あたま》をさげる。

「あの〜、貴島《きじま》さんは今日《きょう》、いらっしゃるんでしょうか？」

環《たまき》が不安《ふあん》そうに聞《き》くので、

「きてることはきてるよ」

と、あずさが天井《てんじょう》を指《ゆび》さしたので、葉月《はづき》と愛海《まなみ》が同時《どうじ》に、

「あ〜あ！」

というと、

「休憩中《きゅうけいちゅう》ですね」

環《たまき》が哲学者《てつがくしゃ》みたいな顔《かお》でうなずきながらいった。

「きゃはは……！」

あずさ、葉月《はづき》、愛海《まなみ》が笑《わら》うと、

「えっ⁉　なにかおかしなこといいました⁇」

あわてる環《たまき》がおかしくて、またみんなで大笑《おおわら》い。

「アハハハ……！」

「えっ、えっ、え〜〜っ⁉」

その時《とき》、朝練《あされん》を終《お》えた結衣《ゆい》たちが入《はい》ってきた。

「ふう、キツかったぁ」

「部長《ぶちょう》、もうちょっとお手《て》やわらかに〜」

「なにいってんの。次《つぎ》の関東大会《かんとうたいかい》は、準優勝《じゅんゆうしょう》じゃなくて優勝《ゆうしょう》！　で、全国大会目指《ぜんこくたいかいめざ》してるのよ、わたしたちは」

そういって教室内《きょうしつない》を見《み》た結衣《ゆい》は、葉月《はづき》たちと笑《わら》っているあずさに気《き》づいた。

ひなたと桜子《さくらこ》は呆《あき》れたという感《かん》じで、

「あずさ！　朝練見《あされんみ》にきてくれないと思《おも》ったら、ジミーズと一緒《いっしょ》だったんだ」

「もう、あたしたちの応援《おうえん》してくれないのね」

あずさはビックリして結衣《ゆい》たちにかけよると両手《りょうて》をあわせて、

「ごめん！　今朝《けさ》は寝坊《ねぼう》しちゃって。えと……みんなのど渇《かわ》いてるでしょ？」

「渇《かわ》いてる〜〜！」

「小腹《こばら》もすいてる〜〜」

ひなたと桜子《さくらこ》があわれっぽくあずさを見《み》た。

「じゃ、売店《ばいてん》、いってくる」

「ホント!?　さすがあずさ〜」

「なににする？」

みんなのオーダーを取《と》って、教室《きょうしつ》をでていく時《とき》、ちらりとジミーズのほうを見《み》ると、環《たまき》、葉月《はづき》、愛海《まなみ》もあずさを見《み》ていた。

でも、あずさは目《め》をそらして教室《きょうしつ》をでた。

パンやジュースを抱《かか》えて戻《もど》る途中《とちゅう》、階段《かいだん》をおりてきた美香《みか》とぶつかった。

転《ころ》がったパンを見《み》て、

「お……あずさ、おめぇ」

あずさは急《いそ》いでパンをひろうと、教室《きょうしつ》へむかった。

あ然《ぜん》と見送《みおく》る美香《みか》から夕バコの臭《にお》いがしていた。

『ダンスの単位《たんい》を取《と》るまで……2週間《しゅうかん》のつきあいなんだから……』

ジミーズとは距離《きょり》をおかないと、結衣《ゆい》たちを失《うしな》いそうな気《き》がする。

それがこわかった。


「いやぁ、今日《きょう》もハッピーに踊《おど》ろうぜ、JK《ジェーケー》たち！」

ケニーは昨日《きのう》と同《おな》じハイテンションで体育館《たいいくかん》に現《あらわ》れた。

チアやバスケット部員《ぶいん》たちはそれを見《み》てクスクス笑《わら》ったり、突《つ》っつきあったりしている。

あずさたちは恥《は》ずかしくてたまらなかった。

「それじゃ、簡単《かんたん》なステップ踏《ふ》んでみちゃおっか。足少《あしすこ》し開《ひら》いて、踵《かかと》あげて、さげて、あげて、さげて……そーそ、その調子《ちょうし》！　そこからの～」

ケニーの動《うご》きを真似《まね》て、ステップを踏《ふ》んだあずさは、自分《じぶん》の体《からだ》がたちまちリズムに乗《の》って弾《はず》むのを感《かん》じた。

『なにこれ……!?　なんか楽《たの》しい!!』

気《き》がつけば、みんな一所懸命《いっしょけんめい》、体《からだ》を動《うご》かしていた。

環《たまき》だけは相変《あいか》わらずぎこちない動《うご》きで、何度《なんど》も立《た》ちどまったり、つまずいたりしてなかなかリズムに乗《の》れていなかったが、

「岸本ＪＫ《きしもとジェーケー》、いいよ、いいよ。ちょっとくらいまちがったっていいんだ。楽《たの》しくやればオッケー！」

「はい！」

ケニーにはげまされ、汗《あせ》でくもった眼鏡《めがね》の位置《いち》をなおしながら笑《え》みを浮《う》かべた。

「……で、西原ＪＫ中心《にしはらジェーケーちゅうしん》に左右《さゆう》に広《ひろ》がっちゃってみて」

「はい、ワンツー、ワンツー！　前《まえ》、うしろ、前《まえ》、うしろ！　いいよ、いいよ！　まちがっても気《き》にしない!!」

「で～、こっからはそれぞれ自由《じゆう》にやっちゃっていいから。そー、そー！　JK《ジェーケー》たち、いい感《かん》じじゃない！」

2時間《じかん》みっちり練習《れんしゅう》して、あずさたちはもう膝《ひざ》がガクガクだった。

「じゃ、明日《あした》もこの調子《ちょうし》でねっ、JK《ジェーケー》たち。See《シー》 you《ユー》 tomorrow《トゥモロー》!!」

ケニーは、床《ゆか》に座《すわ》りこんだあずさたちに手《て》を振《ふ》りながら、意気揚々《いきようよう》と帰《かえ》っていった。

あずさたちは、這《は》うようにして更衣室《こういしつ》にたどりついた。

「はぁ……ケニーに乗《の》せられてついつい踊《おど》ってしまいましたけど……」

「かなりキツイよねえ」

葉月《はづき》の言葉《ことば》にあずさも激《はげ》しく同意《どうい》した。

「わたし、うまく踊《おど》れなくて。みなさんの足《あし》をひっぱってるような……」

環《たまき》が申《もう》し訳《わけ》なさそうにそういうと、

「別《べつ》にいいと思《おも》うけど……」

めずらしく愛海《まなみ》が口《くち》を開《ひら》いた。

「そうだよ。単位取《たんいと》れりゃいいんじゃん？　別《べつ》に上手《じょうず》にやんなくても」

美香《みか》の言葉《ことば》に思《おも》わずみんな美香《みか》を見《み》た。

「なんだよ！」

みんなの目《め》は、にらみつけている美香《みか》のキャミソールに釘《くぎ》づけになった。

レースのフリルがついたピンクのキャミソール……

「なに見《み》てんだよッ！」

その声《こえ》に、みんなはあわてて目《め》をそらした。

「おさきっ！」

美香《みか》が大股《おおまた》でズンズン歩《ある》いてでていくと、あずさたちは一斉《いっせい》にふきだした。

「見《み》ました？　キャミソール！」

葉月《はづき》がいうと、あずさと愛海《まなみ》も、

「見《み》た！　見《み》た！」

「意外《いがい》とラブリー……」

「そういえば、休憩《きゅうけい》のポーチもふわふわクマちゃんでラブリーですよね」

環《たまき》もうなずきながらそういった。

『見《み》た目《め》ほどコワイ人《ひと》じゃないのかも……』

あずさはそう思《おも》った。


美香《みか》が校門《こうもん》をでると、バイクにまたがった慶太《けいた》がヘラヘラ女生徒《じょせいと》に手《て》を振《ふ》っていた。

「みんなおつかれ～♥」

女生徒《じょせいと》たちはクスクス笑《わら》いながら通《とお》りすぎていく。

美香《みか》はそんな慶太《けいた》の頭《あたま》をバチンとはたいた。

「テッ！　なんだよぉ。迎《むか》えにきてやってんのに」

「女子《じょし》からかってんじゃねーよ」

すると慶太《けいた》は興味津々《きょうみしんしん》という感《かん》じで、

「で、どうだったのよ、ダンスの練習《れんしゅう》。おもしろかったか？」

美香《みか》はバイクのうしろからヘルメットを取《と》りだして、かぶりながら、

「おもしろいわけねーだろ。2時間《じかん》みっちり踊《おど》らされてさ。しかも、ガリ勉《べん》とブリッ子《こ》と、根暗《ねくら》、それにいい子《こ》ぶったパシリ……なんだかめんどくせーヤツらばっかだし」

美香《みか》が慶太《けいた》のうしろに乗《の》ると、バイクはバリバリとエンジン音《おん》をひびかせて出発《しゅっぱつ》した。

＊　＊　＊

世《よ》の中《なか》かったるいことばっか。

目《め》つきがコワイってだけで、子《こ》どものころからいじめっ子扱《こあつか》いされてきた。

一緒《いっしょ》に遊《あそ》ぼうとした子《こ》が、あたしの顔《かお》がコワイってだけで泣《な》きだしたり、「よこせ」ともいってないお菓子《かし》をさしだしたり、たまたま目《め》の前《まえ》で転《ころ》んで泣《な》いたりしただけなのに、全部《ぜんぶ》あたしがいじめたことになって。

中坊《ちゅうぼう》のころには気《き》づいたらヤンキーにかこまれてて、完全《かんぜん》に不良少女確定《ふりょうしょうじょかくてい》。
それならそれもいいかって、やんちゃやってきた。
もしも、慶太《けいた》と出会《であ》わなかったらヤバかったかな。
「笑《わら》ったら、けっこうカワイイじゃん」
生《う》まれて初《はじ》めてそんなことといってくれたのが慶太《けいた》だった。
まあ、顔《かお》のコワさではあたしに負《ま》けてないけどさ。
やんちゃ卒業《そつぎょう》して、まじめに働《はたら》きはじめてからは、
「高校《こうこう》だけはでとけ」
って、しつこくいってくる。
うざいけど、あたしのことマジで心配《しんぱい》してくれるヤツ。
だから、ダンスの単位《たんい》も落《お》とすわけにはいかねーなって思《おも》ってるけど……
体《からだ》、けっこうキツイ。
あのチャラいコーチに乗《の》せられて、ついつい踊《おど》っちまうから。
それにしても他《ほか》のヤツら、あたしが実《じつ》はカワイイ物好《ものず》きって気《き》づいちまったかな。

なんかカッコ悪《わる》くね？

けど、ま、いっか。

明日《あした》もダンス、ダンス、ダンス、ダンス……やっぱ禁煙《きんえん》すっかな……

＊　＊　＊

バイクを走《はし》らせる慶太《けいた》の背中《せなか》にもたれながら、美香《みか》はそんなことを考《かんが》えていた。

あずさたちは放課後《ほうかご》になると体育館《たいいくかん》へいき、練習《れんしゅう》をつづけていた。

チア部《ぶ》は、なにかと騒々《そうぞう》しいあずさとジミーズのダンスを迷惑《めいわく》そうに見《み》ていたが、

「まあ、2週間《しゅうかん》の辛抱《しんぼう》だから」

結衣《ゆい》の言葉《ことば》を信《しん》じて大目《おおめ》に見《み》てくれている。

「いいね、いいよ！　JK《ジェーケー》たち!!」

はじめは苦痛《くつう》で仕方《しかた》なかったが、ケニーにチャラチャラおだてられて練習《れんしゅう》しているうちに、なんとなくそれらしくなってきたような気《き》がする。

「葉月《はづき》、右《みぎ》、右《みぎ》！」

「あずさが右《みぎ》じゃないんですの？」

「あれ？　あたしは……」

「愛海《まなみ》は前《まえ》にでるんでしょ！」

「だって、美香《みか》が……」

「ちょっとまちがったんだよ！　あれ？　環《たまき》は……」

みんな、いつの間《ま》にかお互《たが》いを下《した》の名前《なまえ》で呼《よ》びあうようになっていた。

「あの～、西原《にしはら》さん、最初《さいしょ》からお願《ねが》いしていいでしょうか？」

でも環《たまき》だけは相変《あいか》わらずみんなの名字《みょうじ》に〝さん〟づけだった。

ステップ３

「ムリムリムリムリ……！　絶対《ぜったい》ムリ！！！」


オータム・フェスティバルの日《ひ》。

会場《かいじょう》に集《あつ》まったあずさ、環《たまき》、葉月《はづき》、愛海《まなみ》、美香《みか》はがく然《ぜん》となっていた。

地元《じもと》のお祭《まつ》りだから大《たい》したことないとナメていたのに、ショッピング・モールの一角《いっかく》に設《もう》けられた会場《かいじょう》には大勢《おおぜい》の人《ひと》が集《あつ》まっていた。

しかも、他《ほか》の出場者《しゅつじょうしゃ》はみな気合《きあ》いが入《はい》っている。

豪華《ごうか》なユニフォームで演奏《えんそう》する中学生《ちゅうがくせい》のブラスバンド。

派手《はで》なハワイアン・ワンピにロングウェーブのヘアピースに、これでもかというほど花《はな》をつけたおばちゃんたちのフラダンス。

幼稚園児《ようちえんじ》のお遊戯《ゆうぎ》ですら、おそろいの衣装《いしょう》でかわいくキメていた。


なのにあずさたちは学校《がっこう》の体操《たいそう》ジャージ。

ご丁寧《ていねい》にゼッケンには名前《なまえ》も書《か》かれている。

これから大勢《おおぜい》の前《まえ》でさらし者《もの》になるのだ。


「次《つぎ》は藤沢中央高校《ふじさわちゅうおうこうこう》の生徒《せいと》さんによるストリートダンスです！」

袖《そで》からステージにでようと思《おも》ったけれど、誰《だれ》も足《あし》を踏《ふ》みだせない。

緊張《きんちょう》マックス!!

見《み》かねたケニーが、

「OK《オーケー》！　JK《ジェーケー》！　はりきっていこうぜ!!」

一番《いちばん》うしろの環《たまき》の背中《せなか》をドンと押《お》した。

「あ……」

環《たまき》が前《まえ》の愛海《まなみ》にぶつかると、ドミノみたいに前《まえ》のめりになって、全員《ぜんいん》ステージにでてしまった。

拍手《はくしゅ》が巻《ま》きおこる。

「位置《いち》について！　位置《いち》に！」

袖《そで》から藤原先生《ふじわらせんせい》の声《こえ》が飛《と》んで、あずさたちはあわててならんだ。

目《め》の前《まえ》には大勢《おおぜい》の見物客《けんぶつきゃく》が集《あつ》まっていた。

あずさの目《め》に保《たもつ》の姿《すがた》が飛《と》びこんできた。

『……！　こなくていいっていったのに!!』

となりにいるのはウワサの彼女《かのじょ》？

美香《みか》の彼氏《かれし》、慶太《けいた》が仲間《なかま》と横断幕《おうだんまく》を掲《かか》げて声援《せいえん》している。

「チッ！　慶太《けいた》のヤツ……」

美香《みか》のイラだったつぶやき。

音楽《おんがく》が流《なが》れはじめた。

その瞬間《しゅんかん》、全員《ぜんいん》、頭《あたま》の中《なか》が真《ま》っ白《しろ》になった。

あんなに練習《れんしゅう》したのに、大勢《おおぜい》の視線《しせん》に圧倒《あっとう》されてなんだか体《からだ》が思《おも》うように動《うご》かない。

『とまってちゃだめだ！』

あずさはハッと我《われ》にかえって、

「ワンツー、ワンツー……！」

やっとみんなも踊《おど》りだした。

でも、環《たまき》がひとり、みんなと逆《ぎゃく》のほうへ動《うご》いて、
会場《かいじょう》から笑《わら》い声《ごえ》が聞《き》こえる。

「あ！」

あわてて列《れつ》に戻《もど》る環《たまき》。

が、愛海《まなみ》と接触《せっしょく》し、愛海《まなみ》が前《まえ》につんのめる。

「きゃっ！」

そのまま前《まえ》の葉月《はづき》にしがみついた。

バランスを崩《くず》した葉月《はづき》は、

「いや〜〜ん!!」

ステージから転《ころ》げ落《お》ちた。

会場《かいじょう》は大爆笑《だいばくしょう》。

「葉月《はづき》!!」

あずさと美香《みか》が焦《あせ》って葉月《はづき》をひっぱりあげると、会場《かいじょう》は笑《わら》いとヤジで騒然《そうぜん》となった。

「ウケる〜〜！」

「よっ！　藤沢中央《ふじさわちゅうおう》お笑《わら》いダンスチーム!!」

美香《みか》の目《め》がギラッと光《ひか》った。

ひっぱりあげられた葉月《はづき》の目《め》もキラ〜ンと光《ひか》った！

そして環《たまき》の眼鏡《めがね》も光《ひか》った!!


「てめぇら、ヤンキーをなめるなよっ！」

美香《みか》がヤジを飛《と》ばしたヤツに挑《いど》むようにステップを踏《ふ》みはじめた。

「ブリッ子《こ》パワーをご覧《らん》あそばせ！」

葉月《はづき》もそれにつづいた。

「ガリ勉《べん》だって、やる時《とき》はやります！」

環《たまき》も加《くわ》わった。

それを見《み》て、あずさは愛海《まなみ》の手《て》を取《と》り、

「歩《ある》きスマホなんてしないで、みんなでダンス！」

「ダンス、ダンス♪」

一緒《いっしょ》にセンターに飛《と》びだした。

「いくよっ！　YeAh《イェー》〜〜〜！」

「YeAh《イェー》〜〜〜！」

曲《きょく》は半分《はんぶん》くらい終《お》わっちゃったけど、あずさたちは力《ちから》いっぱい、踊《おど》った。

すると、あちこちから拍手《はくしゅ》がおこりはじめた。

あずさたちの顔《かお》に笑《え》みが浮《う》かんだ。


『やれるよ、あたしたち!!』

踊《おど》って、踊《おど》って、踊《おど》りまくって、最後《さいご》には満場《まんじょう》の拍手《はくしゅ》に包《つつ》まれて、フィニッシュをキメた。

ステージの袖《そで》で、ケニーと藤原先生《ふじわらせんせい》がニッコリ笑《わら》った。

「やるじゃんＪＫ《ジェーケー》たち……」

戻《もど》ってきたあずさたちは、すぐには興奮《こうふん》がおさまらなかった。

「なんかわかんないけど、もりあがっちゃったねえ！」

あずさがいうと、環《たまき》と愛海《まなみ》が、

「小沢《おざわ》さんがステージから落《お》ちた時《とき》はどうなるかと思《おも》いました〜！」

「ホントに！」

「うふふ……わたしもビックリしましたけど、あれで逆《ぎゃく》に開《ひら》きなおったっていうか……」

「負《ま》けてらんねえ！　と思《おも》っちゃってさ」

葉月《はづき》と美香《みか》もはしゃいだ声《こえ》でいった。

「とりあえず、みんな合格《ごうかく》ね」

藤原先生《ふじわらせんせい》の言葉《ことば》に、全員《ぜんいん》、飛《と》びあがって喜《よろこ》んだ。

「やった〜〜〜!!」

「ダンスは必修《ひっしゅう》です！　これからもちゃんと出席《しゅっせき》するように。以上《いじょう》」

「ありがとうございました！」

あずさたちはそういって頭《あたま》をさげた。

「よかったなＪＫ《ジェーケー》たち。やっぱりコーチがよかったからじゃない？」

そんなケニーにも、

「ありがとうございました！」

全員《ぜんいん》そろって礼《れい》。

「いやぁ、照《て》れるなぁ。もっと感謝《かんしゃ》しちゃっていいよ、ＪＫ《ジェーケー》たち！」

「え〜〜〜〜〜っ！」

みんなで大笑《おおわら》いした時《とき》だった。

グゥ〜〜〜ッ

誰《だれ》かのお腹《なか》が鳴《な》った。

「ホッとしたらお腹《なか》すいちゃった」

あずさがいうと、

「わたしも！」

環《たまき》と葉月《はづき》が同時《どうじ》にいった。

「やっぱり甘《あま》い物《もの》！　甘《あま》い物《もの》がいいよね？」

めずらしく愛海《まなみ》が興奮《こうふん》した口調《くちょう》でいった。

「だね！」

「甘《あま》い物《もの》ならいい店《みせ》、知《し》ってるよ」

美香《みか》がそっぽをむいたままいった。

「ホント!?」

「じゃ、つれてってくれる!?」

あずさがそういって美香《みか》の肩《かた》を叩《たた》くと、

「いいよ……」

美香《みか》のコワイ顔《かお》がちょっとうれしそうにゆるんだ。

みんながあわただしく帰《かえ》り支度《じたく》をはじめると、

「甘《あま》い物《もの》ならオレも大好《だいす》き！」

と、ケニーが首《くび》を突《つ》っこんできた。

「ＪＫ《ジェーケー》以外《いがい》、おことわり～～！」

「えっ！　冷《つめ》たいなＪＫ《ジェーケー》たち」

「じゃあね～～」

ケニーを振《ふ》りきって、全員飛《ぜんいんと》びだした。

すると、ケニーが大声《おおごえ》で、

「西原《にしはら》ＪＫ《ジェーケー》！」

「はい？」

あずさが立《た》ちどまるとケニーは近《ちか》づいてきて、

「ダンス、本気《ほんき》でやってみない？」

「え〜〜っ!?　それはちょっと……」

「そお？　じゃ、気《き》が変《か》わったら、ここに連絡《れんらく》ちょうだい」

と名刺《めいし》をくれた。

「は、はい……それじゃ！」

気《き》が変《か》わることなんてない、と思《おも》いながらペコリとお辞儀《じぎ》をし、みんなのあとを追《お》った。


「ここだよ！」

美香《みか》があずさたちをつれてきたのは路地《ろじ》を入《はい》ったところにある小《ちい》さな甘味処《かんみどころ》。

「ちろりん村《むら》……」

「なんかちっちゃくてカワイイお店《みせ》ですわね」

「しかも、おいしそうな匂《にお》いがしてきます」

葉月《はづき》や環《たまき》がそういうと、

「パフェにクレープに……わぁ、あんみつや大判焼《おおばんや》きも。大判焼《おおばんや》き、カラフル！　まるでマカロンみたい」

愛海《まなみ》はキラキラ目《め》を輝《かがや》かせていった。

「ま、ま、特等席《とくとうせき》に座《すわ》って」

美香《みか》が手招《てまね》きした場所《ばしょ》は、入《い》り口前《ぐちまえ》のちっちゃいスペースに大《おお》きなテーブルがどーんとおかれただけの地味《じみ》なところ。

でも、座《すわ》ってみると、

「……なんか落《お》ち着《つ》く」

あずさがつぶやくと、みんなも大《おお》きくうなずいた。

「なにたのむ？　フルーツ系《けい》もいいけど、あずきとアイスとか和洋《わよう》のコラボも気《き》になるっ」

愛海《まなみ》がウルウルした目《め》で周囲《しゅうい》に貼《は》られたメニューを見《み》まわしているのを見《み》て、

「愛海《まなみ》、もしかして甘《あま》い物好《ものず》き？」

あずさが聞《き》くと、

「え、まあ……ね」

「へえぇ！　スマホだけがお友《とも》だちって感《かん》じですのにね」

「小沢《おざわ》さん、そんなことをいっては片瀬《かたせ》さんに失礼《しつれい》ですよ」

「アハハハハ……」

環《たまき》の突《つ》っこみにみんな大笑《おおわら》い。

すると美香《みか》がおもむろにタバコの入《はい》ったふわふわクマちゃんポーチをテーブルにおいた。

あずさたちの目《め》がポーチに注《そそ》がれているのに気《き》づくと、

「あ、わりい」

取《と》りだしかけたタバコをポーチに押《お》し戻《もど》す。

すると葉月《はづき》が、

「美香《みか》ってけっこうラブリーな物好《ものず》きですわよね？」

「ふわふわクマちゃんのポーチとか」

「うんうん。レースのキャミとか」

環《たまき》とあずさも身《み》を乗《の》りだした。

美香《みか》は苦笑《にがわら》いを浮《う》かべて、

「やっぱ、バレてたか……ガラじゃねーって思《おも》うだろ」

「そんなことないよ、ねえ？」

あずさがいうと、

「そのギャップがステキです」

環《たまき》もうなずきながらいった。

すると美香《みか》は大《おお》きなため息《いき》をついて、

「あたしって目《め》つき悪《わる》いせいで、いつも怒《おこ》ってるみたいに思《おも》われて。だったらもうそれでいいやって思《おも》ったけど、そのイメージ守《まも》るのってけっこう、しんどくてさ」

その時《とき》だった。

「これ、サービスですっっ!!」

ドンッとテーブルにおかれたのは見事《みごと》に山積《やまづ》みされた色《いろ》とりどりの大判焼《おおばんや》きにクリームやフルーツをあしらったメガ盛《も》りスイーツ。

そして、そのうしろには慶太《けいた》のコワイ顔《かお》があった。

「ひゃっ!!」

あずさたちは、ダイナミックなスイーツと、ばりばりヤンキーちっくな慶太《けいた》の目《め》つきの両方《りょうほう》に驚《おどろ》いて声《こえ》をあげた。

「なににらんでんだよ！」

すかさず美香《みか》が慶太《けいた》をド突《つ》くと、慶太《けいた》の顔《かお》がニーッとゆるんで、

「いやぁ、コイツがダチつれてくるなんて初《はじ》めてなんで、緊張《きんちょう》しちゃって。あ、おれ大久《おおく》保慶太《ぼけいた》です」

「あ、西原《にしはら》あずさです」

「岸本環《きしもとたまき》と申《もう》します」

「小沢葉月《おざわはづき》で〜す」

「片瀬愛海《かたせまなみ》です」

「どもども！　ツレがお世話《せわ》になっちゃって。これからもコイツのことヨロシク!!」

美香《みか》の頭《あたま》をクシャクシャとなでながらいった。

「世話《せわ》になんかなってないし〜〜〜！　さっさと仕事《しごと》しろって!!」

照《て》れくさいのか美香《みか》は怒《おこ》ったような顔《かお》で慶太《けいた》を店《みせ》に押《お》し戻《もど》した。

「いい人《ひと》だね、顔《かお》はコワイけど」

元暴走族《もとぼうそうぞく》ってうわさを聞《き》いていたあずさは、なんだかうれしかった。

「昔《むかし》はやんちゃやってたんだけどさ。いまじゃけっこうまじめにやってんだよねえ。あたしに『高校《こうこう》だけはでとけ』って。でなきゃ、将来《しょうらい》、子《こ》どもになにも教《おし》えてやれねえぞって」

「子《こ》ども……」

愛海《まなみ》が反応《はんのう》し、葉月《はづき》も身《み》を乗《の》りだして、

「結婚《けっこん》の約束《やくそく》、してらっしゃるの!?」

美香《みか》を見《み》た。

「やや……！　そういうわけじゃないけどねえ……まじめにつきあってるっつうか」

「やっぱり結婚《けっこん》を前提《ぜんてい》としたおつきあいということですね」

環《たまき》が眼鏡《めがね》を光《ひか》らせていうと、あずさはふきだして、

「環《たまき》、堅《かた》い！　堅《かた》すぎだよ」

「よくいわれます」

「わたしたちのこと、いまだに名字《みょうじ》にさんづけですし……まじめすぎるとモテませんわよ。

女《おんな》の子《こ》なんですから、もっとフワ～ッと力抜《ちからぬ》いて、ニコッて笑《わら》ってごらんなさい」

「フワ～でニコッ？」

環《たまき》はいわれるままに笑顔《えがお》を作《つく》ろうとするが、どんなにがんばっても不自然《ふしぜん》にひきつるばかり。

みんな体《からだ》をよじって大笑《おおわら》い。

「プハハハ……」

葉月《はづき》が涙《なみだ》を流《なが》しながら、

「目《め》が笑《わら》ってないんですものぉ！」

「てめ、おもしろすぎっ！」

美香《みか》が環《たまき》の背中《せなか》をバシバシ叩《たた》く。

「てははは……」

環《たまき》も頭《あたま》をかいて笑《わら》った。

愛海《まなみ》だけは、やきもきして、

「もう、いいから早《はや》く食《た》べよう！　待《ま》ちきれない!!」

「いただきま〜〜す！」

みんな一斉《いっせい》にメガ盛《も》りに挑《いど》みかかった。

一口《ひとくち》食《た》べたあずさは思《おも》わず、

「うま〜〜っ！」

「大判焼《おおばんや》きがこんなにおいしいとは知《し》りませんでした」

「高級《こうきゅう》ホテルのスイーツより、好《す》きかもですわ！」

「ん〜〜〜、もう幸《しあわ》せすぎる〜〜！」

愛海《まなみ》は一口《ひとくち》ひとくち、かみしめてはうっとり。

その間《あいだ》にも慶太《けいた》がパフェやあんみつを運《はこ》んできて、

「一口《ひとくち》ちょうだい！」

「あ、あたしのも食《た》べてみて」

「おいし〜ね〜〜♪」

お互《たが》いのスイーツを突《つ》っつきあい、はしゃぎまくった。

「でもさ、なんか気持《きも》ちよかったよね……」

あずさがぽつりというと、

「ですわね！」

「まさか、あんなに拍手《はくしゅ》をいただけるとは思《おも》いませんでした」

葉月《はづき》と環《たまき》がいうと、美香《みか》が、

「なんか全身《ぜんしん》からパワーがブワ〜〜〜ッってさ。すげえ快感《かいかん》！」

「あたしも最初《さいしょ》は恥《は》ずかしかったけど、気《き》がついたら楽《たの》しくなってたなぁ」

愛海《まなみ》もその瞬間《しゅんかん》をかみしめるようにスプーンをなめた。

「うん、ホント楽《たの》しかった……終《お》わってホッとしたけど……なんかちょっとさびしいっていうか……」

あずさがみんなの顔《かお》を見《み》まわすと、

「たしかに……」

「もうこんな機会《きかい》、二度《ど》とないと思《おも》うと残念《ざんねん》ですよね……」

愛海《まなみ》と環《たまき》はしょんぼりうつむいた。

すると、葉月《はづき》が、

「ねね、これ、商店街《しょうてんがい》でもらったんですけれど」

バッグから1枚《まい》のフライヤー（チラシ）を取《と》りだした。

「高校生《こうこうせい》ダンス選手権《せんしゅけん》……」

あずさが読《よ》むと、みんなフライヤーをのぞきこんだ。

「でてみたくありません？」

「横浜《よこはま》アートホールって……たしかEXILE《エグザイル》がコンサートやったとこでしょ」

あずさがいうと、美香《みか》が興奮《こうふん》して、

「マジで!?」

「あそこはたしか、1000人《にん》くらい入《はい》る大《おお》きな会場《かいじょう》ですよ」

環《たまき》の言葉《ことば》に、みんな思《おも》わず、

「1000人《にん》!?」

「そんなでっかい会場《かいじょう》で踊《おど》れってのかよ!?」

「大《おお》きいほうが緊張《きんちょう》しませんのよ。お客《きゃく》さんがよく見《み》えないから気《き》にならないっていうか。ピアノの発表会《はっぴょうかい》でそうでしたもの」

「すげえところで発表会《はっぴょうかい》したんだな」

「それほどでもないですわ」

「ホントに緊張《きんちょう》しないの？」

「ええ」

あずさは驚《おどろ》いたが、葉月《はづき》はあっさりいいきった。

「でも〜」

愛海《まなみ》は決心《けっしん》がつかないみたいだ。

「でましょうよぉ！　もしかしたらＥＸＩＬＥ《エグザイル》と同《おな》じ楽屋《がくや》使《つか》えちゃったりするかもしれませんわよ」

「マジかよ!?　ならでるしかないんじゃね？」

「でちゃわない？」

あずさは愛海《まなみ》を見《み》た。

「……でちゃいますか」

愛海《まなみ》はみんなを見《み》た。

「よっしゃぁ！　環《たまき》、おまえもやるだろ？」

美香《みか》が環《たまき》の肩《かた》を抱《だ》くと、

「はい……といいたいところですが、最近《さいきん》、テストの成績《せいせき》も落《お》ちていまして……塾《じゅく》にも通《かよ》わなくてはなりませんし、ムリだと思《おも》います」

「え〜〜っ!?」

みんな残念《ざんねん》そうな声《こえ》をあげた。

「なんだよっ！　つきあい悪《わる》いんだからっ!!」

美香《みか》が環《たまき》を揺《ゆ》さぶると、環《たまき》は頭《あたま》をさげ、

「申《もう》し訳《わけ》ありません」

「いちいちあやまんなっての！」

「申《もう》し訳《わけ》ありません」

また頭《あたま》をさげた。

「はぁっ!?」

ふたりのやりとりにあずさたちは大笑《おおわら》いしたが、ここで環《たまき》が抜《ぬ》けることは本当《ほんとう》に残念《ざんねん》だった。


「えっ、使《つか》えないんですか、体育館《たいいくかん》」

翌日《よくじつ》、藤原先生《ふじわらせんせい》にダンス選手権参加《せんしゅけんさんか》の相談《そうだん》にいったあずさ、葉月《はづき》、美香《みか》、愛海《まなみ》は衝撃《しょうげき》の事実《じじつ》を告《つ》げられた。

「使用許可《しようきょか》をだせるのは正式《せいしき》な部活《ぶかつ》だけだからね」

「え〜〜〜っ!!」

「それじゃ練習《れんしゅう》する場所《ばしょ》ねえじゃん」

「どうしよう……」

あずさたちが困惑《こんわく》していると、藤原先生《ふじわらせんせい》はあっさりいった。

「部活《ぶかつ》にすればいいじゃない」

「えっ!?」

「3人《にん》以上《いじょう》いれば、部活《ぶかつ》にできるわよ。部費《ぶひ》もでるし」

「部活《ぶかつ》、ですか……」

「本気《ほんき》でダンス選手権《せんしゅけん》にでるつもりならね」

4人《にん》は顔《かお》を見《み》あわせた。

「やりましょうよ、部活《ぶかつ》！」

「ダンス部《ぶ》か……」

「いいかも……」

「ここまできたら、やったろうじゃねーか！」

葉月《はづき》、あずさ、愛海《まなみ》、そして美香《みか》も気持《きも》ちはひとつだった。

「そう。じゃ、顧問《こもん》は私《わたし》がやってあげるから、キャプテンを決《き》めて。そしたら手続《てつづ》きをしておくわ」

「キャプテン!?」

「それから、コーチも必要《ひつよう》ね。私《わたし》は専門《せんもん》じゃないから」

「ジャンケンで決《き》めよう」

そうしたらいいだしっぺのあずさが負《ま》けて、キャプテンになってしまった。

「はぁ……責任重大《せきにんじゅうだい》じゃん」

「ま、とりあえずですから」

「うんうん」

「イザって時《とき》は協力《きょうりょく》してやっから！」

「しゃ〜ないか」

あずさは笑《わら》っていった。


コーチはケニーしか思《おも》い浮《う》かばなかった。

あずさがもらった名刺《めいし》にはケニーが講師《こうし》をしているというダンス教室《きょうしつ》の住所《じゅうしょ》が書《か》いてあった。

「みんなでたのみにいこうよ」

ケニーがいるダンス教室《きょうしつ》は繁華街《はんかがい》のはずれの雑居《ざっきょ》ビルにあるらしい。

「この辺《へん》にあるはずなんだけど……」

あずさは葉月《はづき》、愛海《まなみ》、美香《みか》と一緒《いっしょ》に探《さが》していた。

ふと見《み》ると、葉月《はづき》がしきりに時間《じかん》を気《き》にしている。

「葉月《はづき》、なにか予定《よてい》あるの？」

「あ、今日《きょう》はスイミングへいく日《ひ》ですの。間《ま》にあうかしら……」

葉月《はづき》はダンスの練習《れんしゅう》をしていた時《とき》も、習《なら》い事《ごと》があるといっては急《いそ》いで帰《かえ》っていくことが多《おお》かった。

「なら早《はや》くいけよ」

「そうよ。あたしたちでなんとかするから」

あずさがいうと、葉月《はづき》はホッとした顔《かお》になって、

「ホント!?　じゃ、ごめんなさい。おさきに失礼《しつれい》しますわ」

「気《き》をつけてね～」

「バイバ～イ！」

葉月《はづき》が走《はし》り去《さ》るのを見《み》ながら、

「ピアノやスイミングやって、毎週《まいしゅう》、ホテルで飯食《めしく》ってー……あいつんち、どんだけセレブなんだよ」

美香《みか》がつぶやくと、あずさと愛海《まなみ》は苦笑《にがわら》いを浮《う》かべた。

いつも忙《いそが》しそうな葉月《はづき》。

本当《ほんとう》にセレブだとしても、あまりうらやましいとは思《おも》えなかった。

路地《ろじ》をグルグル迷《まよ》いながら歩《ある》いていると、やっと『長尾《ながお》ダンススタジオ』と書《か》かれた窓《まど》があるのを見《み》つけた。

「あそこだ！」

狭《せま》い階段《かいだん》をあがっていくと、古《ふる》くさい板《いた》ばりのダンス教室《きょうしつ》の中《なか》で、おじいちゃん、おばあちゃん生徒《せいと》が、レッスン用《よう》の衣装《いしょう》で社交《しゃこう》ダンスを踊《おど》っていた。

「いいなぁ、さすが梅《うめ》ちゃん。ステップのキレ最高《さいこう》！　フミさん、いいねえ、ピンとした背中《せなか》！　虎吉《とらき》っつぁん、めっちゃダンディ!!」

ここでもケニーは生徒《せいと》をヨイショしまくっている。

「じいちゃん、ばあちゃんにもチャラいな、あいつ……GG《ジージー》とかBB《ビービー》とかは、いわねえんだな」

「GG《ジージー》？」

「BB《ビービー》？」

あずさと愛海《まなみ》は思《おも》わず美香《みか》を見《み》た。

「ジィジとバァバ」

あずさも愛海《まなみ》も思《おも》わずふきだした。


「ダンス部《ぶ》!?　マジで作《つく》っちゃったの!!?」

ケニーは意外《いがい》そうにあずさたちを見《み》た。

「あたしたち、これにでたくて……」

ケニーにフライヤーを見《み》せた。

「ダンス選手権《せんしゅけん》か……」

「だからさ、コーチ、やってくんない？」

「え～……」

ケニーは頭《あたま》をかきながら、

「オレ、ここの講師《こうし》もやってっから、こう見《み》えて忙《いそが》しいんだよなぁ」

「毎日《まいにち》じゃなくていいんです」

あずさは食《く》いさがる。

「う～ん、どうすっかな……」

すると愛海《まなみ》が封筒《ふうとう》をカバンからひっぱりだしてケニーに押《お》しつけた。

「少《すく》ないけどお金《かね》もあります。みんなでお小遣《こづか》いだしあって……」

受《う》け取《と》ったケニーは、ずっしりと重《おも》い封筒《ふうとう》を振《ふ》った。

ジャラジャラと小銭《こぜに》の音《おと》がする。

「小銭満載《こぜにまんさい》……どれどれ……」

すみのテーブルで封筒《ふうとう》の中《なか》のお金《かね》をかぞえはじめた。

その間《あいだ》、あずさたちは、教室《きょうしつ》の中《なか》を物《もの》めずらしそうに歩《ある》きまわっていた。

「あれ？　なんだこれ……」

美香《みか》が棚《たな》の上《うえ》に無造作《むぞうさ》にならべられているトロフィーをひっぱりだした。

「むっ、ケホッ、ほこりまみれ……」

ほこりを払《はら》ってプレートに書《か》かれた英語《えいご》を読《よ》もうとしたけれど、

「ん〜〜スト……スト……ダメだ、読《よ》めねえ」

ちんぷんかんぷんなので、あずさに押《お》しつけた。

「え？　えーと、ストリートダンス・ワールドカップ・ウィナー……」

「ウインナー？」

「じゃなくてぇ！　優勝者《ゆうしょうしゃ》ってこと」

「なーる」

「こっちのは？」

愛海《まなみ》がわたした物《もの》には、

「ニューヨーク・ダンスコンテスト・チャンピオン……ニューヨーク!?」

「それってすごくない？」

「だよね……」

愛海《まなみ》とあずさが驚《おどろ》くと、美香《みか》が小銭《こぜに》をかぞえているケニーをちらりと見《み》て、

「あいつのじゃねえだろ。ニューヨークで活躍《かつやく》したダンサーが、こんなとこで小銭《こぜに》かぞえてるわけねぇよ」

「いわれてみれば……」

あずさは肩《かた》をすくめて笑《わら》った。


ケニーはそんなあずさたちの様子《ようす》をじっと見《み》つめていた。

「1万《まん》7864円《えん》……あいつらにしたら大金《たいきん》かもなぁ……」

トロフィーを見《み》てはしゃいでいるあずさたちの姿《すがた》は、自分《じぶん》が忘《わす》れてしまったなにかを思《おも》いださせてくれそうな気《き》がした。

ステップ４

「ダンス部《ぶ》作《つく》ったってホントなの⁉」

あずさは登校《とうこう》するなり、廊下《ろうか》で朝練《あされん》を終《お》えた結衣《ゆい》たちにつかまった。

ケニーからＯＫ《オーケー》をもらい、明日《あした》からダンス部《ぶ》の活動《かつどう》がはじまる。

「あ、うん……そうなんだ」

「ウソ！　ジミーズと一緒《いっしょ》に⁉」

「あらら……どうしちゃったのよ、あずさ！」

ひなたと桜子《さくらこ》が呆《あき》れたようにそういうと、

「それにキャプテンだってね。２週間《しゅうかん》だけっていってたのに……」

結衣《ゆい》が裏切《うらぎ》られたような顔《かお》であずさを見《み》た。

「やだなぁ〜。ジャンケンで負《ま》けたから、しょうがなくひき受《う》けただけで……。そもそもあたしはそんなに乗《の》り気《き》じゃなかったんだけどぉ……ほら、部活《ぶかつ》やってると進学《しんがく》の時《とき》にいろいろ有利《ゆうり》だっていうし……だから、さ」

ダンス選手権《せんしゅけん》にでるつもりだなんていえない。

「あ〜〜あ、内申書《ないしんしょ》とかね！」

「そっかぁ。ジミーズと仲《なか》よくなっちゃったのかと思《おも》って、ビックリしたじゃん〜」

桜子《さくらこ》もひなたもホッとしたようにあずさの肩《かた》を叩《たた》いた。

結衣《ゆい》もやっと納得《なっとく》したようだった。が、

「あ、そうだ。体育館《たいいくかん》のことだけど、うちは毎日練習《まいにちれんしゅう》するから、ダンス部《ぶ》は週《しゅう》2回《かい》でいいわよね？　うちの邪魔《じゃま》にならないところでやってくれればいいから」

「あ、うん。全然《ぜんぜん》いいよ！」

結衣《ゆい》の申《もう》し出《で》をあっさり受《う》け入《い》れた。

昼休《ひるやす》み、あずさは廊下《ろうか》で葉月《はづき》、美香《みか》、愛海《まなみ》にそのことを話《はな》した。

「週《しゅう》に2回《かい》だけ!?」

葉月《はづき》が呆《あき》れた声《こえ》でいうと、

「しかも、チア部《ぶ》の邪魔《じゃま》にならないところでって、なんだよ、それ!!」

美香《みか》も声《こえ》を荒《あら》らげた。

「いいじゃん。あたしたちは人数少《にんずうすく》ないんだし」

せっかく結衣《ゆい》たちにうまく言《い》い訳《わけ》できたのに……と、あずさは必死《ひっし》だ。

「よくねぇよっ！　同《おな》じ部活《ぶかつ》なのに、差別《さべつ》だろ!?」

「ん……だって……チアは全国大会《ぜんこくたいかい》にでるような部《ぶ》だから……」

「結局《けっきょく》、そういうとこが優先《ゆうせん》なんだ……」

愛海《まなみ》がため息《いき》をついた。

でも、美香《みか》は納得《なっとく》いかない様子《ようす》で、みるみる目《め》つきが険《けわ》しくなったかと思《おも》うと、

「あいつら、シメてやる！」

「ええっ!?」

腕《うで》まくりして、いまにも結衣《ゆい》たちのところに怒鳴《どな》りこもうとするのを、あずさ、葉月《はづき》、愛海《まなみ》は必死《ひっし》にとめた。

「はなせよ！」

そこへ通《とお》りかかった環《たまき》もかけよってきて、

「貴島《きじま》さん！　どうしたんですか⁉　落《お》ち着《つ》いてください。暴力《ぼうりょく》は、暴力《ぼうりょく》はいけません‼」

「だってよぉ〜」

すると葉月《はづき》が、

「わかりましたわ。あっちが全国大会《ぜんこくたいかい》なら、こっちもダンス選手権《せんしゅけん》で優勝《ゆうしょう》して、毎日体育《まいにちたいいく》館《かん》を使《つか》ってやればいいんじゃありません⁉」

「そうそう！」

「そうだよ！」

葉月《はづき》の言葉《ことば》にあずさと愛海《まなみ》が激《はげ》しく同意《どうい》すると、

「むっ……！　そうか。よし、ぜってえ優勝《ゆうしょう》してやろうぜ‼」

「うんうん！」

みんなと一緒《いっしょ》にそういったものの、あずさは複雑《ふくざつ》な気分《きぶん》だった。勢《いきお》いでダンス部《ぶ》をはじめることにしたけれど、いままでのようには結衣《ゆい》たちと一緒《いっしょ》にいられなくなる。

おまけに、体育館《たいいくかん》のスペースを取《と》りあうみたいな感《かん》じになってるし……

『大丈夫《だいじょうぶ》かな……』

ちょっと後悔《こうかい》してるかも。

「ダンス部《ぶ》、がんばってくださいね」

みんなの様子《ようす》を見《み》ていた環《たまき》はそういうと、ペコリとお辞儀《じぎ》をし、猫背《ねこぜ》で去《さ》っていった。

「あいつも一緒《いっしょ》にやりゃいいのになぁ……」

環《たまき》のさびしそうな背中《せなか》を見《み》た美香《みか》がつぶやいた。

そして放課後《ほうかご》。

あずさたちは体育館《たいいくかん》のすみでケニーがくるのを待《ま》っていた。

「それじゃ、もう1回《かい》最初《さいしょ》からいくよ！」

チア部《ぶ》は広々《ひろびろ》としたスペースで練習《れんしゅう》をしている。

その華《はな》やかさを見《み》ると、やっぱりダンス部《ぶ》なんてすみっこでも仕方《しかた》ない、とあずさは思《おも》った。


「よう！　ＪＫ《ジェーケー》たち、おまたせ〜」

相変《あいか》わらず軽《かる》いノリでやってきたケニーは、体育館《たいいくかん》を見《み》まわし、

「部活《ぶかつ》になっても、狭《せま》っ苦《くる》しいねぇ〜」

「だろ？　ぜってぇ差別《さべつ》だっての！」

「週《しゅう》2日《か》しか使《つか》わせてもらえませんし」

「じゃ、広《ひろ》いところへいくか」

「広《ひろ》いところ？」

あずさたちは首《くび》をかしげた。

20分後《ぷんご》、あずさたちは海岸沿《かいがんぞ》いの道《みち》を走《はし》っていた。

「たしかに広《ひろ》いけど……」

「これ、キツくね？」

あずさと美香《みか》が早《はや》くも弱音《よわね》をはくと、

「ダンスは基礎体力《きそたいりょく》も必要《ひつよう》なんだよね。このさきの神社《じんじゃ》で待《ま》っててっから！」

ケニーは自転車《じてんしゃ》で追《お》い抜《ぬ》いていった。

葉月《はづき》が思《おも》わず叫《さけ》んだ。

「神社《じんじゃ》って……！」

「もしかしてあの……」

片方《かたほう》のお腹《なか》を押《お》さえて走《はし》っていた愛海《まなみ》の顔《かお》が一段《いちだん》と苦《くる》しげになった。

神社《じんじゃ》は山《やま》の途中《とちゅう》にあって、急《きゅう》な石段《いしだん》が長《なが》くつづいている。

「し、死《し》ぬ……ガチで死《し》ぬ……！」

みんな、最後《さいご》のほうは足《あし》がガチガチで、もう這《は》うようにして境内《けいだい》にたどりついた。

「よぉっ、おつかれ！」

さきまわりしたケニーはどこでしいれたのか、ひとりで串団子《くしだんご》を食《た》べている。

「ひ〜〜〜っ」

あずさたちはしばらく境内《けいだい》にぶっ倒《たお》れていたが、汗《あせ》がどんどんふきだしてくる。

「ヤバ……干物《ひもの》になりそーだぜ」

「足《あし》、つりましたわ〜〜」

「%＃&＊＃……」

愛海《まなみ》は声《こえ》もでない。

その様子《ようす》にあずさがおきあがった。

「なにか買《か》ってきてあげよっか。なにがいい？」

「あずさひとりでいくことねーよ」

「え……」

「みんなでいきましょう」

「うんうん」

あずさはなんだかうれしくなった。

「じゃ、そうしよっか♪」

みんなが立《た》ちあがると、お団子《だんご》を食《た》べ終《お》わったケニーが、

「あ、じゃ、オレはコーヒーね」

それを聞《き》くなりみんな一斉《いっせい》に、

「ケニーはご自分《じぶん》でどーぞ！」

あずさたちは笑《わら》いながら神社脇《じんじゃわき》の売店《ばいてん》へかけだした。


初日《しょにち》からハードな練習《れんしゅう》で、くたびれきっていたが、あずさの心《こころ》はなぜか軽《かろ》やかだった。

最寄《もよ》り駅《えき》から自転車《じてんしゃ》に乗《の》って、近所《きんじょ》の公園《こうえん》のそばを通《とお》った時《とき》だった。

「ダンス部《ぶ》、作《つく》ったんだってな」

保《たもつ》の声《こえ》がした。

見《み》ると薄暗《うすぐら》い街灯《がいとう》に照《て》らされたバスケット・ゴールの下《した》で保《たもつ》がボールを弾《はず》ませている。

あずさは自転車《じてんしゃ》を押《お》して公園《こうえん》に入《はい》っていった。

「作《つく》ったよ。意外《いがい》だったでしょ？」

「いや、いいんじゃない。あずさ、オータム・フェスの時《とき》もイケてたし」

「うっそぉ！　パニクって悲惨《ひさん》だったじゃない」

保《たもつ》の意外《いがい》な言葉《ことば》に思《おも》わず声《こえ》が大《おお》きくなる。

「でも、生《い》き生《い》きしてた」

「……!?」

「がんばれよ」

「う、うん……」

うれしいような、恥《は》ずかしいような、不思議《ふしぎ》な気分《きぶん》……

それをふっきるように、自転車《じてんしゃ》に飛《と》び乗《の》って、公園《こうえん》からでた。

『生《い》き生《い》きしてた……？』

誘《さそ》われたからなんとなくはじめたダンス部《ぶ》だけど、やっぱり自分《じぶん》はダンスが好《す》きなのかもしれない、とあずさは思《おも》った。

だったら、やれるところまでやってみよう！

体育館《たいいくかん》を使《つか》えるのは週《しゅう》2回《かい》。

しかも、チア部《ぶ》に遠慮《えんりょ》しながらすみっこでだ。

「じゃ、いくよ！」

あずさはCD《シーディー》プレーヤーのスイッチを押《お》した。

音量《おんりょう》はチアに気《き》をつかって小《ちい》さめだ。

「これじゃ、聞《き》こえねえじゃん！」

美香《みか》がかけよって音量《おんりょう》をあげた。

速攻《そっこう》、結衣《ゆい》たちチアのメンバーからするどい視線《しせん》がビシバシ飛《と》んでくる。

あずさは、あわてて音量《おんりょう》をさげて、

「まわりに迷惑《めいわく》だよ」

「まわりってチアにだろ？」

「こっちだって聞《き》こえなくちゃ練習《れんしゅう》になりませんわ！」

「そうよ。週《しゅう》2回《かい》しかない部活《ぶかつ》なのに」

葉月《はづき》と愛海《まなみ》も、もどかしそうにあずさを見《み》た。

「なんとかしてくれよ、キャプテン！」

「ん～～～」

あずさは悩《なや》んだ。

そして、ふと外《そと》を見《み》た。

「そうだ！」


あずさは校舎《こうしゃ》と校舎《こうしゃ》の間《あいだ》にある小《ちい》さな広場《ひろば》にみんなをつれていった。

昼休《ひるやす》みはお弁当《べんとう》を広《ひろ》げる生徒《せいと》や、おしゃべりでもりあがる生徒《せいと》でいっぱいだけれど、放《ほう》課後《かご》ならすいている。

「ここ、どう？」

「おお！　チアに気《き》ぃつかう必要《ひつよう》ないしな」

「じゃ、最初《さいしょ》からもう一度《ど》、いきますわよ？」

「うん！」

4人《にん》は音楽《おんがく》にあわせて踊《おど》りはじめた。

そこへフラ～とケニーが現《あらわ》れた。

「な～んだJK《ジェーケー》たち、ここにいたのぉ。フラれちゃったかと思《おも》ったよ」

「あっ、ケニー、今日《きょう》はこないのかと思《おも》ったよ」

ケニーは気《き》がむいた日《ひ》にしか現《あらわ》れない。

でも、くれば、ランニングやストレッチなどのメニューを細《こま》かくチェックする。

「週《しゅう》2回《かい》じゃ、ダンス選手権《せんしゅけん》はムリだな。最低《さいてい》でも毎日《まいにち》の基礎体力作《きそたいりょくづく》り、これはやって」

「ひぇ～～っ！」

みんな悲鳴《ひめい》をあげた。

チャラいけど、やる時《とき》はやる人《ひと》なんだろうか。

「簡単《かんたん》だけどカッコよく見《み》えるステップ、教《おし》えちゃおっかな」

「わ～～い♪」

「じゃ、真似《まね》してみ。ワンツースリーフォ、ワンツースリーフォ……」

「ワンツースリーフォ、ワンツースリーフォ、ワンツースリーフォ……」

その様子《ようす》を環《たまき》は進路相談室《しんろそうだんしつ》の窓《まど》から見《み》ていた。

となりの席《せき》では母親《ははおや》が、担任《たんにん》の藤原先生《ふじわらせんせい》にむかって切々《せつせつ》と娘《むすめ》のことを訴《うった》えている。

「上《うえ》のふたりは本当《ほんとう》に手《て》がかからなかったんですよ。勉強《べんきょう》も、運動《うんどう》も。早稲田《わせだ》と一橋《ひとつばし》にストレートで合格《ごうかく》したんです」

「……」

ここ数年《すうねん》、環《たまき》がずっと聞《き》かされている話《はなし》だ。

「なのにこの子《こ》ときたら……週《しゅう》3日塾《かじゅく》に通《かよ》って、テレビも観《み》ないで勉強《べんきょう》しているのに、クラスで真《ま》ん中《なか》って……」

「受験《じゅけん》まではまだ1年半《ねんはん》ありますから、巻《ま》きかえすこともできますよ」

そんなやりとりが聞《き》こえていたが、環《たまき》の目《め》は楽《たの》しそうに踊《おど》るあずさたちに釘《くぎ》づけになっていた。

＊　＊　＊

神様《かみさま》は不公平《ふこうへい》だと思《おも》います。

兄《あに》も姉《あね》も成績優秀《せいせきゆうしゅう》で、運動《うんどう》も得意《とくい》。

ふたりは塾《じゅく》にもいかず、徹夜《てつや》で勉強《べんきょう》することもなくいい成績《せいせき》を取《と》っているけれど、わたしは塾《じゅく》に通《かよ》って、朝《あさ》から晩《ばん》まで勉強《べんきょう》しても中《ちゅう》くらいの成績《せいせき》。

ふたりとも自転車《じてんしゃ》に乗《の》る練習《れんしゅう》をはじめたその日《ひ》に近所《きんじょ》を走《はし》りまわっていたけれど、わたしは1ケ月毎日《かげつまいにち》練習《れんしゅう》してやっと乗《の》れるようになった。


ふたりがよそのウチの子《こ》ならわかるんです。

でも、キョウダイなんです。

せめて勉強《べんきょう》か、運動《うんどう》か、どっちかだけでもできる子《こ》に生《う》まれてもよかったんじゃないでしょうか。

うまくできないからって投《な》げだすこともできないんです。

一所懸命《いっしょけんめい》やりつづけなかったら、もっとできなくなるから。

それってちっとも楽《たの》しくない……でも、やめられない……


そんなわたしが初《はじ》めて楽《たの》しいことを見《み》つけました。

決《けっ》して上手《じょうず》にはできないけれど、一所懸命《いっしょけんめい》やれば、昨日《きのう》より今日《きょう》、今日《きょう》より明日《あした》って感《かん》じで、少《すこ》しずつうまくできるようになるんです。

それにひとりでがんばらなくていいんです。

仲間《なかま》がいて、一緒《いっしょ》にがんばって、喜《よろこ》んで……だから、わたしはダンスが好《す》きです！

＊　＊　＊

ガターン！

環《たまき》はいきなり椅子《いす》から立《た》ちあがった。

「やっぱり、わたし、ダンス部《ぶ》に入部《にゅうぶ》します!!」

ビックリしている母親《ははおや》と藤原先生《ふじわらせんせい》をのこして、部屋《へや》を飛《と》びだした。


翌日《よくじつ》から、環《たまき》はダンス部《ぶ》の仲間《なかま》になった。

「よろしくお願《ねが》いいたします！」

「よっ、待《ま》ってたぜ～！　環《たまき》っ」

美香《みか》は環《たまき》の首《くび》に腕《うで》を巻《ま》きつけて歓迎《かんげい》した。

「これでまた5人《にん》だね」

あずさも反対側《はんたいがわ》から腕《うで》をまわした。

「よかった！」

「これで完璧《かんぺき》ですわ～～！」

愛海《まなみ》も葉月《はづき》も抱《だ》きついて、環《たまき》は窒息《ちっそく》しそうな声《こえ》で、

「がんばりま～～～ぷぷぷっ！」

5人《にん》になったダンス部《ぶ》は、放課後《ほうかご》になるとケニーにいわれたとおり、ストレッチやランニング、そして、ステップの復習《ふくしゅう》をすることも多《おお》くなった。

「ケニーがいない間《あいだ》にめっちゃうまくなってビックリさせてやろうぜ！」

「それいいね！」

美香《みか》とあずさの言葉《ことば》に愛海《まなみ》と葉月《はづき》もうなずいた。

環《たまき》だけはモジモジして、

「あの～わたし、まだランニングマンがうまくできなくて……」

「あずさ、教《おし》えてやれよ」

「うん！　環《たまき》、ゆっくりやるから真似《まね》してみて」

「はい！」

あずさは1歩《ぽ》ずつゆっくりステップを踏《ふ》む。

「頭《あたま》で考《かんが》えちゃダメだよ。見《み》たまま真似《まね》してみて」

「はい！」

「お、いいよ、いいね～！」

環《たまき》は一所懸命《いっしょけんめい》にステップを踏《ふ》む。

「環《たまき》、顔《かお》がコワイですわよ！」

「笑《わら》って！」

葉月《はづき》と愛海《まなみ》が声《こえ》をかけると、環《たまき》は必死《ひっし》にひきつった笑顔《えがお》を作《つく》る。

「ぷははは……」

美香《みか》、葉月《はづき》、愛海《まなみ》がふきだすと、あずさと環《たまき》もつられて笑《わら》いだした。

「アハハハ……」

「エヘヘヘ……」

ダンス部《ぶ》はいつも笑《わら》いが絶《た》えない。


ケニーの指示《しじ》で海辺《うみべ》のランニングにでたのに、

「今日《きょう》も海《うみ》がきれいだねぇ」

「波《なみ》がわたしたちを呼《よ》んでいますわ〜〜」

などといいながら、もう水《みず》も冷《つめ》たくなった秋《あき》の砂浜《すなはま》で、打《う》ちよせる波《なみ》にぬれそうになりながら、貝殻《かいがら》ひろいに夢中《むちゅう》になることもあった。

ちゃんと神社《じんじゃ》までは走《はし》るけれど、帰《かえ》りに慶太《けいた》の甘味処《かんみどころ》によることもしょっちゅうだ。

「はい！　特製《とくせい》メガ盛《も》りスイーツですっ‼」

「わ〜〜い♪　いただきま〜〜す‼」

慶太《けいた》の作《つく》ってくれたメガ盛《も》りに、みんなでスプーンやフォークを突《つ》っこんでは頬張《ほおば》った。

「やっぱり、メガ盛《も》りは『ちろりん村《むら》』にかぎるよね」

スイーツのこととなると愛海《まなみ》はおしゃべりになる。

「へへっ！　まいど‼」

照《て》れる慶太《けいた》に美香《みか》が肘鉄《ひじてつ》を食《く》らわす。

「ニヤニヤすんなよっ！」

「ウッ！　すいませんねえ、コイツ、凶暴《きょうぼう》でしょ？　迷惑《めいわく》かけてません？」

「かけてるわけねえだろっ！」

美香《みか》と慶太《けいた》の夫婦漫才《めおとまんざい》が見《み》られるのも、みんなの楽《たの》しみのひとつだった。

でも、そんなことをケニーに気《き》づかれないわけもなく、

「JK《ジェーケー》たち、ずいぶん時間《じかん》かかったなぁ……ん？　片瀬《かたせ》JK《ジェーケー》、ほっぺにあんこがついてる」

「えっ!?」

かまをかけられた愛海《まなみ》が、あわてて頰《ほお》をこすった。

「愛海《まなみ》〜〜」

みんな大《おお》あわて。

「うっそぴょ〜ん！　より道《みち》したたなぁ？」

怒《おこ》られる！　と思《おも》ったら、

「JK《ジェーケー》たちだけでズルいなぁ。コーチのオレも誘《さそ》ってよぉ」

あずさたちはその場《ば》に座《すわ》りこんで大笑《おおわら》いした。

神社《じんじゃ》の石段《いしだん》も、あとのお楽《たの》しみがあるから、辛《つら》さも半分《はんぶん》になっている。

あずさたちはそう思《おも》っていたが、実際《じっさい》は体力《たいりょく》がついてきていたからだった。

体力《たいりょく》がつけば、ダンスも力強《ちからづよ》くなっていく。

学校《がっこう》がない日《ひ》ですら、図書館《としょかん》で借《か》りてきたダンスの本《ほん》を読《よ》んだり、ネットでダンスの動《どう》画《が》を探《さが》して練習《れんしゅう》したりして、毎日《まいにち》がダンス！　ダンス‼

あずさたちは、充実感《じゅうじつかん》に満《み》ちあふれていた。

ステップ５

長《なが》くつづいていた秋晴《あきば》れから一転《いってん》、今日《きょう》は朝《あさ》からしとしとと小雨《こさめ》が降《ふ》っていた。

「今日《きょう》の部活《ぶかつ》は体育館《たいいくかん》でやるしかないね」

「そうですね」

あずさと環《たまき》がそんな話《はなし》をしていると、愛海《まなみ》が息《いき》をきらして教室《きょうしつ》に飛《と》びこんできた。

「ああ、あずさ、環《たまき》！　これ観《み》て!!」

と、スマホをさしだした。

そこには素晴《すば》らしいダンスを踊《おど》る男《おとこ》の動画《どうが》が映《うつ》っている。

「へえっ！　カッコいい〜!!」

「キレッキレですね」

「顔《かお》見《み》て、顔《かお》!!」

「?」

小《ちい》さな画面《がめん》に映《うつ》る男《おとこ》の顔《かお》をじっと見《み》ていたあずさと環《たまき》は同時《どうじ》に叫《さけ》んだ。

「ケニー!?」

「やっぱりそうよね?」

「なにがですの?」

ちょうど入《はい》ってきた葉月《はづき》も動画《どうが》を見《み》ると、叫《さけ》んだ。

「うっそ! これ、ニューヨークの……なんとかって劇場《げきじょう》って書《か》いてありますわよね?」

「じゃ、やっぱりあのトロフィーは……」

ケニーの物《もの》だったのだ。

「藤原先生《ふじわらせんせい》ならなにか知《し》ってるんじゃない?」

「聞《き》いてみようか……?」

その時《とき》、朝練《あされん》を終《お》えた結衣《ゆい》たちが入《はい》ってきた。

「はぁ〜、くたびれた〜〜！」

「部長《ぶちょう》、もうちょいお手《て》やわらかに願《ねが》いますぅ」

ひなたと桜子《さくらこ》が結衣《ゆい》にすがると、

「新《あたら》しいスタンツ、完璧《かんぺき》にしとかないと」

結衣《ゆい》はチアのこととなるときびしい。

「あ〜〜〜！　めっちゃフレンチトースト食《た》べたい気分《きぶん》！」

そう叫《さけ》んだひなたの目《め》にあずさが映《うつ》った。

「あずさ〜〜！　フレンチトースト、買《か》ってきて〜〜」

ひなたがあずさの腕《うで》に抱《だ》きつくと、

「ごめん！　いま、ちょっとムリなんだ」

あずさはひなたの腕《うで》をほどいて、葉月《はづき》、愛海《まなみ》、環《たまき》と一緒《いっしょ》に廊下《ろうか》へとでていく。

ちょうどそこへ美香《みか》がきて、

「ちょ、ちょ、ちょ、なんだよ？　どーした??」

「一緒《いっしょ》にいこ！」

ひきずられるように一緒《いっしょ》に職員室《しょくいんしつ》へむかっていった。

その様子《ようす》を見《み》たひなたと桜子《さくらこ》は、

「やだ……あずさったら、マジでジミーズと仲《なか》よしじゃん？」

「内申書《ないしんしょ》のためとかいってたくせに。ね、結衣《ゆい》？」

結衣《ゆい》はだまって去《さ》っていくあずさの背中《せなか》を見《み》つめていた。


あずさたちが職員室《しょくいんしつ》に押《お》しかけると、藤原先生《ふじわらせんせい》はあっさりいった。

「そうよ。それはケニー長尾本人《ながおほんにん》」

「やっぱり……!!」

藤原先生《ふじわらせんせい》の話《はなし》によれば、ケニーは高校《こうこう》の後輩《こうはい》で、当時《とうじ》からすごいストリートダンサーがいると地元《じもと》でも評判《ひょうばん》だったらしい。

高校卒業後《こうこうそつぎょうご》、アメリカにわたってダンスの勉強《べんきょう》をつづけ、コンクールで優勝《ゆうしょう》しまくり、全米《ぜんべい》1位《い》を獲得《かくとく》したこともあったとか。

そして、ニューヨークを拠点《きょてん》にあちこちのステージに立《た》ち、ものすごい人気《にんき》だったという。

それが、数年前《すうねんまえ》にひょっこり日本《にほん》に戻《もど》ってきてしまい、いまのようなお年寄《としよ》り相手《あいて》のダンス講師《こうし》をはじめたんだそうだ。

「もったいない……って本人《ほんにん》にはいったんだけどね。ニューヨークに戻《もど》る気《き》はないみたい」

「そうだったんですか……」

チャラいケニーがそんなすごい人《ひと》だったなんて……

「なにがあったんだろうね……」

みんな複雑《ふくざつ》な気分《きぶん》だった。

その日《ひ》は午後《ごご》から本降《ほんぶ》りになって、あずさたちは体育館《たいいくかん》で部活《ぶかつ》をやるしかなかった。

あずさたち5人《にん》は体育館《たいいくかん》のすみでストレッチをしていた。

すぐ横《よこ》ではチア部《ぶ》が練習《れんしゅう》している。

新《あたら》しいスタンツ——組《くみ》み体操《たいそう》のたぐいだが——を完成《かんせい》させるために、何度《なんど》もジャンプや側転《そくてん》をしてはピラミッドを作《つく》っていた。

そして、それは美香《みか》と葉月《はづき》がむかいあってステップの練習《れんしゅう》をしていた時《とき》、おこった。

バレー部《ぶ》のボールがコートからでて、ふたりの足元《あしもと》のほうにコロコロと転《ころ》がってきた。

「葉月《はづき》！」

美香《みか》が気《き》づいて叫《さけ》んだ時《とき》には、葉月《はづき》はボールに足《あし》を取《と》られ、そのまま床《ゆか》に叩《たた》きつけられそうになった。

とっさに美香《みか》が葉月《はづき》の腕《うで》をつかんだけれど、踏《ふ》んばりきれない。

そこに桜子《さくらこ》が側転《そくてん》をしてきて、３人《にん》はぶつかりあって倒《たお》れた。

「美香《みか》！　葉月《はづき》!!」

「桜子《さくらこ》！」

美香《みか》と葉月《はづき》が立《た》ちあがった。

「いってぇ……」

「ビックリしましたわ〜」

でも、桜子《さくらこ》は肘《ひじ》を押《お》さえたままうずくまっていた。

結衣《ゆい》は桜子《さくらこ》の腕《うで》を見《み》るなり、

「誰《だれ》か氷嚢《ひょうのう》持《も》ってきて！」

あずさたちが心配《しんぱい》そうにのぞきこんだ。

「大丈夫《だいじょうぶ》!?」

「ボールが転《ころ》がってきて、それでわたし……」

すると結衣《ゆい》が怒《いか》りに満《み》ちた表情《ひょうじょう》で、

「わたしたちは全国大会《ぜんこくたいかい》目指《めざ》してるのよ！　なのにケガさせるなんて……お遊《あそ》びでやってるなら、でていってよっ!!」

激《はげ》しい口調《くちょう》でそういうと、他《ほか》の部員《ぶいん》と一緒《いっしょ》に桜子《さくらこ》を抱《かか》えて保健室《ほけんしつ》へとでていった。

「お遊《あそ》びって……」

「こっちだってまじめに練習《れんしゅう》してんだよっ！」

「さけようがない事故《じこ》だったんですよ、これは！」

「そうよ……」

「なのにひどいですわ」

あずさ、美香《みか》、環《たまき》、愛海《まなみ》、葉月《はづき》は悔《くや》しそうに顔《かお》を見《み》あわせた。

翌日《よくじつ》、あずさが登校《とうこう》すると、桜子《さくらこ》の腕《うで》は白《しろ》い包帯《ほうたい》が巻《ま》かれ、アームホルダーで固定《こてい》されていた。

「桜子《さくらこ》、具合《ぐあい》はどう？」

でも、桜子《さくらこ》は返事《へんじ》をせず、一緒《いっしょ》にいる結衣《ゆい》とひなたに、

「ダンス部《ぶ》のせいで捻挫《ねんざ》なんて最悪《さいあく》……」

「かわいそうに……」

「関東大会《かんとうたいかい》に間《ま》にあうといいけど」

ひなたも結衣《ゆい》も、まるであずさなどそこにいないかのように話《はな》している。

『透明人間《とうめいにんげん》……』

その瞬間《しゅんかん》、あずさの心《こころ》にあの恐《おそ》ろしい記憶《きおく》がよみがえった。

小学生《しょうがくせい》の時《とき》、突然《とつぜん》はじまった〝いじめ〟……

「おはよう！」

でも、誰《だれ》も返事《へんじ》をしてくれなかった。

昨日《きのう》までふつうにおしゃべりしていた友《とも》だちがみんなあずさを無視《むし》した。

あずさは透明人間《とうめいにんげん》になってしまったのだ。

いつもひとりぼっち——みんなが楽《たの》しそうにグループでお弁当《べんとう》を食《た》べている中《なか》、ひとりさびしく食《た》べるのも辛《つら》かったけれど、それだけではすまなかった。

上履《うわば》きがなくなったり、机《つくえ》に落書《らくが》きされたり、あとは……思《おも》いだすのも辛《つら》いことばかりだ。

中学生《ちゅうがくせい》になって、〝いじめ〟からやっと解放《かいほう》された。

それ以来《いらい》、あずさは学校《がっこう》では決《けっ》して目立《めだ》つことをしない子《こ》になった。

誰《だれ》からも嫌《きら》われないよう、自分《じぶん》よりまわりを優先《ゆうせん》するようになった。

そうして高校生《こうこうせい》になり、やっと結衣《ゆい》たちのような人気者《にんきもの》とも友《とも》だちになれたのだ。

それがいま、こわれていく……

その日《ひ》、あずさは初《はじ》めて部活《ぶかつ》を休《やす》んだ。

「なんだか頭《あたま》が痛《いた》くて……」

「風邪《かぜ》ですか？」

「あたしらでテキトーに練習《れんしゅう》しとくから」

「ムリしないほうがいいですわ」

「気《き》をつけて」

「うん」

頭《あたま》が痛《いた》いなんてウソだ。


罪悪感《ざいあくかん》……

あずさはそのまま家《いえ》に帰《かえ》る気分《きぶん》にもなれず、ふらふらと繁華街《はんかがい》を歩《ある》いた。

『このままダンス部《ぶ》にいたら、結衣《ゆい》たちに無視《むし》されつづける……』

小学生《しょうがくせい》のころのあの悪夢《あくむ》のような日々《ひび》が戻《もど》ってきそうでこわかった。

二度《ど》と、同《おな》じ思《おも》いをしないためには、ダンス部《ぶ》から——ジミーズから距離《きょり》をおくしかないと思《おも》った。

翌日《よくじつ》も、その翌日《よくじつ》も、あずさはウソでぬりかためて部活《ぶかつ》を休《やす》んだ。


そして、３日目《かめ》——

「あれ？　あずさじゃない！」

繁華街《はんかがい》の広場《ひろば》でぼんやり座《すわ》っていたあずさは、部活帰《ぶかつがえ》りの結衣《ゆい》たちと遭遇《そうぐう》してしまった。

「結衣《ゆい》……桜子《さくらこ》もひなたもどうしたの？」

「久《ひさ》しぶりにカラオケいこうってことになって」

「そうなんだ……」

「あずさも一緒《いっしょ》にいかない？」

結衣《ゆい》があずさの顔《かお》をのぞきこんだ。

「うん、いく！」

カラオケのブースに案内《あんない》されると、あずさはいつもどおり、注文《ちゅうもん》を取《と》りはじめた。

「なににする？」

「あたし、コーラ！」

「結衣《ゆい》は？」

「う〜〜ん、オレンジジュース！」

「あたしはコーヒーフロートね！」

「はい！　ご注文《ちゅうもん》をくりかえします！」

それからみんなで歌《うた》って踊《おど》って……

なにもかもいままでどおりだった。

あずさは幸《しあわ》せだった。

この幸《しあわ》せがつづくなら、ダンスなんて……あきらめてもいい？

「近道《ちかみち》見《み》つけたんだ。こっちからいこ」

ひなたにいわれてあずさたちはいつもとちがう路《ろ》地《じ》から駅《えき》へむかった。

昔《むかし》ながらの小《ちい》さな飲食店《いんしょくてん》がならぶその路《ろ》地《じ》を通《とお》るのは初《はじ》めてだった。

ぽつぽつといくつかの店《みせ》が夕方《ゆうがた》の営業《えいぎょう》のために店《みせ》を開《あ》けはじめていた。

その時《とき》だった。


「小沢屋《おざわや》のおいしいお弁当《べんとう》はいかがですか〜？　できたて！　ホカホカですよ〜！」

聞《き》き覚《おぼ》えのある声《こえ》……

見《み》ると、小《ちい》さな定食屋《ていしょくや》の前《まえ》で白《しろ》いエプロンと三角巾《さんかくきん》をつけた少女《しょうじょ》がお弁当《べんとう》を売《う》っている。

「小沢屋《おざわや》特製《とくせい》の焼《や》き魚定食《ざかなていしょく》、生姜《しょうが》焼《や》き、唐揚《からあ》げもありますよ〜」

三角巾《さんかくきん》に包《つつ》まれたゆるフワのウェーブヘア——

「わっ、ウソ！　小沢《おざわ》さん？」

ひなたが小《ちい》さな声《こえ》をあげた。

ハッとあずさたちを見《み》たのはまちがいなく葉月《はづき》だった。

「やだ〜〜っ！　セレブなお嬢様《じょうさま》がお弁当《べんとう》売《う》ってる!?」

「ホテルのディナーって、この食堂《しょくどう》のこと!?」

「エプロンはきっとブランド物《もの》よ。キャハハハ……」

するど結衣《ゆい》は笑《わら》っているひなたと桜子《さくらこ》をムリやりつれて歩《ある》きだした。

「えっ、ちょっと結衣《ゆい》〜〜」

「いいから！」

あずさが立《た》ちすくんでいると、葉月《はづき》が見《み》たことのない、開《ひら》きなおった顔《かお》で近《ちか》づいてきていった。

「笑《わら》えば？　他《ほか》の子《こ》みたいに。あずさも笑《わら》ったらいいじゃない！」

「あ、あの……」

なにかいいたかったけれど、言葉《ことば》がでない。

「だいたいなんでチア部《ぶ》の子《こ》と一緒《いっしょ》にいるのよ！　今日《きょう》は家《いえ》の用事《ようじ》があるからって帰《かえ》ったんじゃなかったの!?」

「!!　それは……」

「わかった！　『ジミーズと仲間《なかま》だ』って思《おも》われたくないからでしょ!?」

図星《ずぼし》を指《さ》されたあずさの顔《かお》は硬直《こうちょく》した。

「やっぱりね」

どういったらいいかわからなくて、気《き》づいたら、結衣《ゆい》たちを追《お》いかけるように走《はし》りだしていた。

「なによ！　わたしだってダンス部《ぶ》なんて辞《や》めてやるから!!」

葉月《はづき》の言葉《ことば》があずさにするどく突《つ》き刺《さ》さった。

でも、立《た》ちどまることができなかった。

＊　＊　＊

とうとうバレてしまいましたわ。

わたしがセレブでもお嬢様《じょうさま》でもないことが……

でも、まるっきりウソだったわけじゃないのよね。

小《ちい》さなころは、家《いえ》もそこそこお金持《かねも》ちで、バレエやピアノ、スイミング……いろいろおけいこ事《ごと》もさせられてたし、ホテルのレストランでディナーなんてこともよくあった。

でも、お父様《とうさま》の会社《かいしゃ》がつぶれて、生活《せいかつ》はすっかり変《か》わってしまった。

大《おお》きな家《いえ》は売《う》らなければならなくなり、お父様《とうさま》が心痛《しんつう》から病気《びょうき》になってしまった。

お父様《とうさま》が亡《な》くなると、お母様《かあさま》はわずかにのこったお金《かね》で小《ちい》さな食堂《しょくどう》をはじめた。

わたしもまだ小学生《しょうがくせい》の弟《おとうと》や妹《いもうと》も一所懸命《いっしょけんめい》、お店《みせ》を手伝《てつだ》った。

もう、おけいこ事《ごと》をする余裕《よゆう》なんてまるでなかった。

でも、小《ちい》さな楽《たの》しみが見《み》つかったのよ。

ダンスの練習《れんしゅう》。

ダンスを踊《おど》っていればその時《とき》だけはつまらない現実《げんじつ》を忘《わす》れられる。

だから、みんなをダンス選手権《せんしゅけん》に誘《さそ》ったのよね。

でももう、つづけるのはムリかもしれない……

＊　＊　＊

翌朝《よくあさ》、学校《がっこう》へいくと、葉月《はづき》のうわさで持《も》ちきりだった。

「え〜〜っ、食堂《しょくどう》!?」

「なんかみじめっぽくお弁当売《べんとうう》っててさ」

「やっぱりセレブのわけないと思《おも》った」

「ジミーズだもんね」

そういって笑《わら》うひなたや桜子《さくらこ》を、あずさはだまって見《み》ているしかなかった。

そこへ葉月《はづき》がやってきた。

ヒソヒソ話《ばなし》に笑《わら》い声《ごえ》。

葉月《はづき》はだまって席《せき》についた。

環《たまき》と愛海《まなみ》が心配《しんぱい》そうにあずさと葉月《はづき》を見《み》た。

「なんだよ？　このどんよりした空気《くうき》は!?」

美香《みか》がいうと、葉月《はづき》が席《せき》についたまま大《おお》きな声《こえ》でいった。

「あずさはわたしたちジミーズと一緒《いっしょ》にいるより、チア部《ぶ》がお好《す》きなようですわよ。部活《ぶかつ》をお休《やす》みするくらい」

「むっ？」

美香《みか》は信《しん》じられないという顔《かお》であずさを見《み》て、

「あずさ、おまえ、ウソだろ!?」

「あ、あの……」

「ちがうっていえよ！」

あずさはちがうといいたかったけれど、返事《へんじ》ができなかった。

そんなあずさの肩《かた》を結衣《ゆい》が抱《だ》いた。

「はあっ!?　そーゆーことかよ！　やってらんね〜っ!!!」

美香《みか》はそばにあった机《つくえ》を乱暴《らんぼう》に蹴飛《けと》ばすと、教室《きょうしつ》から飛《と》びだしていってしまった。

それを見《み》た環《たまき》は、そっと机《つくえ》にむきなおると単語帳《たんごちょう》を開《ひら》いてブツブツと読《よ》みはじめ、愛海《まなみ》はスマホを取《と》りだして、一心《いっしん》にいじりはじめた。

その日《ひ》、体育館《たいいくかん》に現《あらわ》れたのは環《たまき》ひとりだった。

「お、岸本《きしもと》ＪＫ《ジェーケー》だけ？　みんなは？」

なにも知《し》らずにやってきたケニーが怪訝《けげん》そうに環《たまき》を見《み》た。

「もう、ダメでしょうか、ダンス部《ぶ》……わたし、やっとランニングマンができるようになったのに……」

タン♪　タン♪

タン♪　タン♪

環《たまき》はひとりで「ランニングマン」のステップを踏《ふ》んだ。

眼鏡《めがね》が涙《なみだ》でくもった。

それでも踏《ふ》みつづけた。

ケニーはそんな環《たまき》の肩《かた》をやさしく叩《たた》いた。

ステップ6

ダンス部《ぶ》はそのまま活動停止状態《かつどうていしじょうたい》になった。
美香《みか》は学校《がっこう》に顔《かお》を見《み》せなくなり、葉月《はづき》はあずさと口《くち》もきかなくなった。
環《たまき》は目《め》をそらして小《ちい》さな声《こえ》であいさつするだけ。
愛海《まなみ》は前《まえ》のようにスマホばかりに熱中《ねっちゅう》するようになっていた。

あずさはまた以前《いぜん》のように、結衣《ゆい》たちチア部《ぶ》と一緒《いっしょ》にすごすようになった。

環《たまき》はまたガリ勉《べん》一筋《ひとすじ》になり、葉月《はづき》はお嬢様《じょうさま》キャラは変《か》わらなかったが、母親《ははおや》の食堂《しょくどう》の手《て》伝《つだ》いに明《あ》け暮《く》れていた。

そして愛海《まなみ》はスマホの世界《せかい》にのめりこみ、美香《みか》はたまに学校《がっこう》に現《あらわ》れても、ふわふわクマさんポーチを持《も》って屋上《おくじょう》で『休憩《きゅうけい》』していた。

クリスマスがきて、華《はな》やかなイルミネーションが街《まち》を彩《いろど》っても、年《とし》が明《あ》けて新年《しんねん》のにぎわいがまわりにあふれても、5人《にん》の心《こころ》はぽっかりと大《おお》きな穴《あな》があいたようになっていた。

新学期《しんがっき》になってもそれは変《か》わらなかった。

もうダンスの本《ほん》を読《よ》んだり、ネットの動画《どうが》で練習《れんしゅう》したりすることもない土曜日《どようび》の午後《ごご》、あずさは近所《きんじょ》の公園《こうえん》のベンチにぼんやり座《すわ》っていた。

「おまえ、なんでダンスやめたんだ?」

という声《こえ》とともにバスケットのボールがあずさの頭《あたま》の上《うえ》にボンッと乗《の》せられた。

いつの間《ま》にか保《たもつ》が目《め》の前《まえ》に立《た》っていた。

「友《とも》だち作《つく》るのってむずかしい……」

あずさはボールを払《はら》いのけることもしないで、ぽつりといった。

「はぁ？」

「友《とも》だちってどうやって作《つく》るの？」

すると保《たもつ》はさっとうしろにさがり、そこからあずさにむかってボールを投《な》げた。

とっさにそれをキャッチしたあずさに、

「いまのとおんなじ」

「え？」

「考《かんが》えなくたって自然《しぜん》にできるもんだろ」

「自然《しぜん》になんてできないよ！」

と、乱暴《らんぼう》にボールを投《な》げかえすと、保《たもつ》はそれを楽々《らくらく》キャッチして、

「ホントの自分《じぶん》を隠《かく》して、誰《だれ》にでもいい顔《かお》するのは自然《しぜん》じゃないからな」

ふわりとボールを投《な》げかえした。

「……!?」

立《た》ちつくすあずさの目《め》の前《まえ》でボールが跳《は》ねて転《ころ》がった。

保《たもつ》はそれをひろい、

「一緒《いっしょ》にいても自分《じぶん》らしくしてられんのが、友《とも》だちじゃない？」

と、シュートしてゴールに放《ほう》りこんだ。

「!!!」

その時《とき》、あずさの心《こころ》に浮《う》かんだのは、美香《みか》、環《たまき》、葉月《はづき》、愛海《まなみ》たちジミーズだった。

その晩《ばん》、あずさはスマホにこう打《う》ちこんだ。
[ゴメンね。もう一度《ど》、みんなでダンス選手権《せんしゅけん》目指《めざ》したい]
宛先《あてさき》はジミーズ。
タップしたら一斉送信《いっせいそうしん》されるのだ。
でも返事《へんじ》がもらえなかったらと思《おも》うとこわくて指《ゆび》が動《うご》かない。
同《おな》じころ、愛海《まなみ》はスマホにむかって次々《つぎつぎ》と書《か》きこみをしていた。

［君《きみ》もスイーツが好《す》きなの？］
［うん。時々《ときどき》、食《た》べ歩《ある》きとかしてる］
［トゥルビヨンってお店《みせ》知《し》ってる？］
［ああ、ロールケーキがおいしいって……でも、ちょっと遠《とお》いからいったことない］
［なら、明日《あした》、一緒《いっしょ》にいかない？］
［ホントに!?］
［ホントだよ］

愛海《まなみ》は相手《あいて》から返事《へんじ》がくるたびに、胸《むね》がドキドキ高鳴《たかな》るのを感《かん》じていた。
それは、ダンス部《ぶ》のみんなと一緒《いっしょ》にがんばっていた時《とき》以来《いらい》、久《ひさ》しぶりに感《かん》じたハッピーな気分《きぶん》だった。

*　*　*

子《こ》どものころから親《おや》がいいつづけてきた言葉《ことば》。

「うちの子《こ》は引《ひ》っこみ思案《じあん》で……お友《とも》だちができないんです」

あたしは小《ちい》さなころ、ひとりが好《す》きっていうか、ひとりが平気《へいき》な子《こ》だった。

だからお友《とも》だちはいてもいなくても気《き》にならなかった。

でも、「引《ひ》っこみ思案《じあん》でお友《とも》だちができない」っていわれつづけているうちに、自分《じぶん》は本当《ほんとう》にそういう子《こ》なんだって思《おも》いこむようになった。

だから、自分《じぶん》から誰《だれ》かに声《こえ》をかけて友《とも》だちになろうなんて思《おも》わなかった……ううん、正《せい》確《かく》にいうと〝友《とも》だちになれるわけない〞って思《おも》ってた。

でも、自分《じぶん》のスマホを持《も》った時《とき》、それが一気《いっき》に変《か》わったんだ。
スマホの世界《せかい》では、どんな人間《にんげん》にも〝なりきる〞ことができた。
――明《あか》るくておしゃべりなあたし
――皮肉屋《ひにくや》で勉強《べんきょう》のできるあたし
――かわいくて人気者《にんきもの》のあたし

「引《ひ》っこみ思案《じあん》でお友《とも》だちができない」はずのあたしに、スマホの世界《せかい》では友《とも》だちができはじめた。

一度《ど》も会《あ》ったことがなくても、いろいろ話《はな》せる友《とも》だちが。

だけど、ダンスをはじめたら、現実《げんじつ》の世界《せかい》にひき戻《もど》された。

〝なりすまし〟じゃない本当《ほんとう》のあたしに友《とも》だちができた。

一緒《いっしょ》に抱《だ》きあって喜《よろこ》んだり、はげましあったりできる友《とも》だちが……

それなのに、こんなにあっけなくダンス部《ぶ》はバラバラになっちゃうなんて。

友《とも》だちと一緒《いっしょ》にいる楽《たの》しさを知《し》ってしまったいま、スマホの中《なか》だけじゃなく、本当《ほんとう》に一《いっ》緒《しょ》にいられる友《とも》だちがほしくてたまらない。

ネットの世界《せかい》にだって本当《ほんとう》の友《とも》だちはいるかもしれないよね。

だから、この奥田《おくだ》っていうスイーツ好《ず》きの男子《だんし》と会《あ》ってみよう！

＊　＊　＊

あずさはメールの文字《もじ》を削除《さくじょ》しながらつぶやいた。
「きちんとみんなに会《あ》ってあやまろう」
打《う》ちなおしたメールは、
[明日《あした》の1時《じ》、駅《えき》の時計台前《とけいだいまえ》で会《あ》えない？]
環《たまき》からはすぐ「いきます」という返事《へんじ》がきたが、愛海《まなみ》からは「ムリかも」。
美香《みか》と葉月《はづき》から返事《へんじ》はなかった。
環《たまき》だけにでもあやまりたいと思《おも》ったあずさは、翌日《よくじつ》、駅前《えきまえ》の広場《ひろば》に立《た》っていた。
駅《えき》ビルと大通《おおどお》りをつなぐ広場《ひろば》に時計台《とけいだい》はあった。
すると「ムリ」と返事《へんじ》をしてきた愛海《まなみ》が立《た》っているのが見《み》えた。

うれしくなってかけよると、

「あずさ！」

愛海《まなみ》が笑顔《えがお》で手《て》を振《ふ》った。

「よかった。こられないかと……」

「ゴメン。あたし、これから用事《ようじ》があってすぐいかないと」

「そうなの？」

「うん。SNS《エスエヌエス》で知《し》りあった人《ひと》と一緒《いっしょ》に、スイーツの食《た》べ歩《ある》きするの。奥田《おくだ》さんって大学生《だいがくせい》」

と、スマホに送《おく》られた写真《しゃしん》を見《み》せた。

さわやかに笑《わら》ったその男《おとこ》の人《ひと》はやさしそうに見《み》える。

「でも、SNS《エスエヌエス》って……初《はじ》めて会《あ》う人《ひと》と？　危《あぶ》なくない？」

「スイーツ一緒《いっしょ》に食《た》べるだけだもん。大丈夫《だいじょうぶ》よ」

「そっか……それなら楽《たの》しんできて」

「うん、ありがと」

「じゃあね！」

『ごめんね』『ダンスまたやろう』という言葉《ことば》があずさの頭《あたま》の中《なか》でグルグルしていたが、
タイミングが悪《わる》い気《き》がする。

それになんだか愛海《まなみ》が心配《しんぱい》だった。

大通《おおどお》りのほうへ去《さ》っていく愛海《まなみ》を見《み》ていると、うしろからいきなり、

「すみません！　おまたせしました!!」

環《たまき》が息《いき》をきらして走《はし》ってきた。

「環《たまき》！」

「メール、ありがとうございます！」

「ううん、こっちこそ……」

その時《とき》、環《たまき》の眼鏡《めがね》がキラリと光《ひか》った。

「あれは片瀬《かたせ》さんではありませんか？」

「そうなんだけど……」

愛海《まなみ》は立《た》ちどまるとスマホを耳《みみ》にあてた。

そのままちょっとさびしい路地《ろじ》――夜《よる》は居酒屋《いざかや》などでにぎわっている場所《ばしょ》なのだが――のほうへ歩《ある》いていく。

「なに見《み》てるんですの？」

いつの間《ま》にか葉月《はづき》がきて加《くわ》わった。

「葉月《はづき》！」

「小沢《おざわ》さん！」

葉月《はづき》はめざとく愛海《まなみ》を見《み》つけ、

「あれ、愛海《まなみ》ですわよね？」

「うん。SNS《エスエヌエス》で知《し》りあった人《ひと》とでかけるっていうんだけど、なんか変《へん》な感《かん》じで」

「あとをつけますわよ！」

「うん！」

3人《にん》は愛海《まなみ》のほうへとかけだした。

愛海《まなみ》は路地《ろじ》の角《かど》でスマホを耳《みみ》にあてている奥田《おくだ》を見《み》つけた。

「あ！　奥田《おくだ》さんですか？」

「愛海《まなみ》ちゃんだね」

奥田《おくだ》は写真《しゃしん》と同《おな》じさわやかな笑《え》みを浮《う》かべた。

「車《くるま》、こっちに停《と》めてるから」

すぐさきに停《と》めてある赤《あか》い車《くるま》にむかって歩《ある》きだした。

道路《どうろ》をへだててその様子《ようす》を見《み》ているあずさたちは、

「別《べつ》に変《へん》な人《ひと》じゃなさそう……」

「ですよね」

「そんなのわからないですわ！」

次《つぎ》の瞬間《しゅんかん》、赤《あか》い車《くるま》の、後部座席《こうぶざせき》のドアが開《ひら》いて、別《べつ》の男《おとこ》が愛海《まなみ》をひっぱりこんだ。

「!?」

奥田《おくだ》は運転席《うんてんせき》に乗《の》りこむと、そのまま車《くるま》を発進《はっしん》させた。

「!!!」

あずさたちはあわてて道路《どうろ》にむかってかけだした。

「ど、どうしよう!?」

「ゆ、ゆ、誘拐《ゆうかい》です！」

「ナンバー、ナンバー！」

走《はし》りながらも葉月《はづき》がスマホのカメラで赤《あか》い車《くるま》を写《うつ》す。

その時《とき》、うしろから、

「おまえら、呼《よ》びだしといて、勝手《かって》にどこいくんだよぉ!?」

怒鳴《どな》り声《ごえ》とともに慶太《けいた》のバイクに乗《の》った美香《みか》が追《お》いついた。

「美香《みか》!!」

あずさたちは一斉《いっせい》に叫《さけ》んだ。


愛海《まなみ》を乗《の》せた赤《あか》い車《くるま》はスピードをあげて海岸沿《かいがんぞ》いの道《みち》を走《はし》っていた。

愛海《まなみ》はおびえていた。

『SNS《エスエヌエス》って……危《あぶ》なくない？』

というあずさの声《こえ》がよみがえる。

ネットの世界《せかい》が危《あぶ》ないなんて他人事《ひとごと》と思《おも》っていた自分《じぶん》はなんてバカだったんだろう。

自分《じぶん》をひっぱりこんだ男《おとこ》にスマホを奪《うば》われ、助《たす》けを呼《よ》ぶこともできない。

「さあ、どこへ遊《あそ》びにいこうか？　君《きみ》の家族《かぞく》に電話《でんわ》して、お金《かね》を用意《ようい》してもらっている間《あいだ》」

さわやかに見《み》えたその笑《え》みは、不気味《ぶきみ》で狡猾《こうかつ》なものに変《か》わっていた。


あずさ、環《たまき》、葉月《はづき》、美香《みか》はタクシーに乗《の》って赤《あか》い車《くるま》を追《お》っていた。

前《まえ》には慶太《けいた》のバイクが走《はし》っているが、赤《あか》い車《くるま》のスピードにあわせてどんどんさきへいってしまう。

「運転手《うんてんしゅ》さん、もっと速《はや》く走《はし》れねえのかよ！」

「そんなこといわれても、制限速度《せいげんそくど》がありますから〜」

「う〜ん、もおっ！」

こぶしでダッシュボードを叩《たた》く美香《みか》を、

「大丈夫《だいじょうぶ》。慶太《けいた》さんが逃《に》がしませんよ」

環《たまき》がうしろからなだめる。
葉月《はづき》は110番《ひゃくとおばん》に通報《つうほう》している。
「はい。その道《みち》です！　車《くるま》のナンバーは……」
「あの時《とき》、あたしがとめてれば……」
愛海《まなみ》になにかあったらどうすればいいのだろう。
あずさは後悔《こうかい》で胸《むね》がはりさけそうだった。
車《くるま》が海岸沿《かいがんぞ》いから、細《ほそ》い山道《やまみち》のほうへ入《はい》ろうとウィンカーをだした。
『もうダメ……』
愛海《まなみ》が絶望的《ぜつぼうてき》な気持《きも》ちになった時《とき》だった。
ブォンッ！　バリバリバリッ!!
慶太《けいた》のバイクがエンジンをふかして右折《うせつ》しようとする車《くるま》の横《よこ》にならんだ。

「なんだコイツ!?」

奥田《おくだ》がイラだって叫《さけ》んだ。

『あのバイクは……!?』

愛海《まなみ》は慶太《けいた》に気《き》づいた。

車《くるま》はタイミングを逃《のが》して、そのまま海沿《うみぞ》いを走《はし》りつづける。

慶太《けいた》のバイクはピッタリ横《よこ》で並走《へいそう》していく。

イラだった奥田《おくだ》はバイクに車体《しゃたい》をあてようとハンドルをきるが、

「へっ！　安全運転《あんぜんうんてん》お願《ねが》いしますよぉ!!」

慶太《けいた》は器用《きよう》にそれをよける。

そして、スピードをあげると車《くるま》の前《まえ》へでた。

「くそっ！　なんなんだよっ！」

奥田《おくだ》はキレたが、次第《しだい》にスピードを落《お》としていく慶太《けいた》のバイクを追《お》い抜《ぬ》くこともできず、
バイクが停《と》まるとそのまま停止《ていし》するしかなかった。

「きっさまぁ！」

奥田《おくだ》がマジギレで車《くるま》から飛《と》びだしてきた。

が、慶太《けいた》に殴《なぐ》りかかろうとした瞬間《しゅんかん》、慶太《けいた》の鉄拳《てっけん》がその顔《かお》にめりこんだ。

「ぐぉっ!?」

思《おも》わずうずくまる奥田《おくだ》を見《み》て、愛海《まなみ》のとなりにいた男《おとこ》が車《くるま》から逃《に》げだした。

そこへタクシーが追《お》いついて、

「てめぇ〜〜〜〜〜っ!!」

飛《と》びだした美香《みか》が全力疾走《ぜんりょくしっそう》する。

逃《に》げてくる男《おとこ》めがけて腕《うで》を横《よこ》に突《つ》きだし、

「ヤンキー・ラリア〜〜ット!!」

「ぐえっ!?」

のけぞった男《おとこ》に、

「お嬢《じょう》キ〜〜ック!!」

葉月《はづき》の足《あし》が命中《めいちゅう》し、

「ガリ勉《べん》、ドロ〜〜ップ!」

環《たまき》が倒《たお》れた男《おとこ》の上《うえ》に飛《と》び乗《の》った。

「誘拐犯《ゆうかいはん》、確保《かくほ》です!!」

奥田《おくだ》も共犯《きょうはん》の男《おとこ》も完全《かんぜん》にのびていた。

あずさは車《くるま》から愛海《まなみ》を助《たす》けだした。

「大丈夫《だいじょうぶ》？　ケガとかしてない!?」

「うん……」

あずさと愛海《まなみ》はホッとして抱《だ》きあったまま涙《なみだ》をボロボロ流《なが》した。

そこへ美香《みか》、葉月《はづき》、環《たまき》も抱《だ》きついてきて、

「うわ～ん！　無事《ぶじ》でよかったです～～っ!!」

「心臓《しんぞう》バクバクでしたわ！」

「まあ、あいつらボッコボコにしてスッキリしたけどな！」

「……心配《しんぱい》させてごめんね」

愛海《まなみ》が何度《なんど》もうなずきながらそういうと、あずさも、

「ごめんね、みんな！」

「なんであずさがあやまんだよ！」

「だって、あたしがダンス部《ぶ》をダメにしちゃったから、みんながバラバラになって……愛《まな》海《み》もこんなことに巻《ま》きこまれて……」

「西原《にしはら》さんのせいじゃありませんよ」

「ええ。わたしだって自分《じぶん》がウソついてたくせに、あずさだけのせいにして……ごめんなさい！」

葉月《はづき》があやまると、美香《みか》が、

「あたしだってついカッとなってさ……ブチギレてゴメン」

すると環《たまき》が涙《なみだ》でぬれた眼鏡《めがね》をブラウスの裾《すそ》でふきながら、

「わたしも勝手《かって》にあきらめちゃってごめんなさい！　もっと自分《じぶん》に素直《すなお》になるべきでした!!」

「環《たまき》、なにいってんだよぉ！」

「環《たまき》だけが最後《さいご》までがんばってたんじゃない！」

美香《みか》とあずさは環《たまき》を両側《りょうがわ》から抱《かか》えて揺《ゆ》さぶった。

なんだかわからないけど、みんなワーワー泣《な》いた。

涙《なみだ》と一緒《いっしょ》に、いままでのわだかまりが解《と》けて流《なが》れていくようだった。

泣《な》きたいだけ泣《な》いて、涙《なみだ》もかれた時《とき》、あずさがすっくと立《た》ちあがっていった。

「よしっ！　もう一度《ど》やろうよ、みんなで。キャプテンからの命令《めいれい》！　あたしたちジミーズは5人《にん》そろってダンス選手権《せんしゅけん》にでるぞ‼」

「お〜〜〜っ‼」

それを見《み》た慶太《けいた》はニッと笑《わら》った。

遠《とお》くからパトカーのサイレンが聞《き》こえてきた。

♪ステップEND♫

ダンス部《ぶ》は活動《かつどう》を再開《さいかい》した。

「目指《めざ》せ、ダンス選手権《せんしゅけん》!!」


あずさたちはまわりの目《め》を気《き》にすることもなく、ひたすら練習《れんしゅう》にのめりこんだ。

「今度《こんど》のダンス選手権《せんしゅけん》では、全員《ぜんいん》がソロパートを踊《おど》る」

ケニーの言葉《ことば》にあずさたちは驚《おどろ》いた。

「全員《ぜんいん》がソロをやるんですか!?」

「もちろん、トリのソロパートはキャプテンの西原《にしはら》ＪＫ《ジェーケー》にやってもらう。でも、その前《まえ》にみんなのソロを入《い》れて、一人《ひとり》ひとりが主役《しゅやく》のダンスチームだって見《み》せつけてやるんだ」

「わたしにできるでしょうか？」

環《たまき》が不安《ふあん》そうにいうと、美香《みか》がドンとその背中《せなか》を叩《たた》いた。

「できるに決《き》まってるだろ！　カッコいい振《ふ》りつけ考《かんが》えようぜ!!」

「うん！」


体育館《たいいくかん》が使《つか》えない日《ひ》は学校《がっこう》の広場《ひろば》、海岸《かいがん》や神社《じんじゃ》が練習場《れんしゅうじょう》。

それは前《まえ》と変《か》わらないけれど、気合《きあ》いがちがう。

「じゃ！　ソロパートのところ、各自《かくじ》やってみよ！」

「オッケー、キャプテン！」


そんなあずさたちを見《み》て結衣《ゆい》はひなたと桜子《さくらこ》にいった。

「あのコたち変《か》わったよね」

「え？」

「みんな目《め》をキラキラさせて、ひとつになってる」

ケニーのチャラい指導《しどう》も力《りき》が入《はい》っていた。

「JK《ジェーケー》たち、挫折《ざせつ》を経験《けいけん》して、パワーアップしたねえ！」

「もう無敵《むてき》って感《かん》じ？」

「もう、あずさったら！」

「でも、そんな感《かん》じですよね」

「そういうケニーはもうニューヨークで踊《おど》らないのかよ？」

「すごい人気《にんき》だったたって聞《き》きましたわ」

するとケニーは肩《かた》をすくめて、

「そうねぇ……オレ、虎吉《とらきち》っつぁんたちに頼《たよ》りにされちゃってるし、それなりに充実《じゅうじつ》してっから」

でも、ケニーの脳裏《のうり》には華《はな》やかな日々《ひび》が鮮《あざ》やかによみがえっていた。

まぶしいライトをあびて、ステージで思《おも》いきりステップを踏《ふ》んでいたあのころ。

すごい日本人《にほんじん》ダンサーが現《あらわ》れたともてはやされて、傲慢《ごうまん》になって……

気《き》づけば、まわりの人《ひと》たちははなれていき、焦《あせ》りだけが自分《じぶん》を包《つつ》んでいた。

若《わか》すぎたんだろうか……？


ダンス選手権《せんしゅけん》まであと1週間《しゅうかん》となった。

その日《ひ》は体育館《たいいくかん》を使《つか》えない日《ひ》だったので、あずさたちが広場《ひろば》へいこうと準備《じゅんび》をしていると、結衣《ゆい》がやってきた。

「ダンス選手権《せんしゅけん》まであと1週間《しゅうかん》でしょ。それまでチアが使《つか》ってる場所《ばしょ》、使《つか》って」

「えっ、ホントに？」

「体育館《たいいくかん》を使《つか》わせていただけるんですか!?」

「うん。チア部《ぶ》も基礎《きそ》体力作《たいりょくづく》り、見《み》なおそうと思《おも》って。外《そと》で走《はし》りこみとかするつもり。だからがんばってよ」

「ありがとう！」

「やった〜〜〜っ！」

颯爽《さっそう》と去《さ》っていく結衣《ゆい》を見《み》て、美香《みか》がつぶやいた。

「あいつも意外《いがい》といいとこあんじゃん」

ダンス選手権《せんしゅけん》はいよいよ明日《あした》に迫《せま》っていた。

その日《ひ》、ケニーがみんなにプレゼントをくれた。

「うわっ！　これ、ダンス選手権《せんしゅけん》のユニフォーム!?」

若《わか》さと元気《げんき》が弾《はじ》けるようなビタミンカラーのその衣装《いしょう》は、ステップを踏《ふ》むたびにシフォンの飾《かざ》りがひらひらと風《かぜ》をはらんで宙《ちゅう》をまう。

「きゃぁっ、ステキですわ！」

「サイズもピッタリです！」

「ありがとう〜〜ケニー！」

「さすが、コーチ！　センスありますわ!!」

あずさたちがはしゃいでいると、美香《みか》が、

「でも、お金《かね》どうしたんだよ？」

「トロフィー売《う》った」

「えっ！　ダンスコンテストでもらったあのトロフィーを!?」

あずさが思《おも》わず大《おお》きな声《こえ》でいうと、みんなもケニーを見《み》た。

「ま、衣装《いしょう》のためだけじゃないから。トロフィーはまたとればいいからな」

「またとる？」

葉月《はづき》がつぶやいた。

「ん？　まさか、ケニー!?」

あずさたちは一斉《いっせい》にケニーを見《み》た。

「来月《らいげつ》、ニューヨークに戻《もど》ることになってさ」

「ケニー!!」

「それは、ダンサーとして復活《ふっかつ》されるということですね！」

あずさたちはケニーを取《と》りかこんだ。

「全米《ぜんべい》1位《い》なんて昔《むかし》の栄光《えいこう》はすてたつもりだったけど、JK《ジェーケー》たちのがんばるの見《み》てたらオレのハートがうずうずしてきたっつうか？」

「そうですよ！　わたしなんかみんなが3時間《じかん》でできることに100時間《じかん》かかります。でも、好《す》きだから、あきらめなかったからここまでこられたんです。ケニーさんは才能《さいのう》あるんですから、あとはあきらめなければいいんです！」

ケニーは環《たまき》の両肩《りょうかた》を両手《りょうて》でポンと叩《たた》いて、

「サンキュー、がんばり屋《や》の岸本《きしもと》ＪＫ《ジェーケー》」

ケニーは過去《かこ》をかみしめるように話《はな》しだした。

「ニューヨークで成功《せいこう》したオレは、トップにいることにこだわってた」

「……」

「だけどそれで、オレは自分《じぶん》らしさってものを見失《みうしな》っていったんだ。気《き》がつけば、自由《じゆう》に踊《おど》るということができなくなっていた……」

「！」

「それにイラだって、まわりにあたりまくって。気《き》づいたら大事《だいじ》な仲間《なかま》も失《うしな》ってたんだよ」

『そうだったんだ……』

あずさたちはチャラくふるまうケニーの辛《つら》い過去《かこ》を知《し》って胸《むね》が痛《いた》かった。

「けど、JK《ジェーケー》たちには負《ま》けてらんないから。あきらめずにもう一度《ど》、あっちでやってみようと思《おも》う」

「それでこそケニーですわ！」

「しっかりやれよっ！」

「オレよりまず、おまえたち、しっかりやらないとな！」

「あ……！」

あずさたちは思《おも》わず笑《わら》って肩《かた》をすくめた。

「いよいよ明日《あした》が本番《ほんばん》だ。本番《ほんばん》は自分《じぶん》たちのために踊《おど》れ。誰《だれ》のためでもなく、自分《じぶん》たちのために」

「はい！」

その日《ひ》、あずさはケニーにプレゼントしてもらったユニフォームを自転車《じてんしゃ》のカゴに入《い》れ、家《いえ》へとペダルを踏《ふ》んだ。

緊張《きんちょう》はしているけれど、ワクワクもしていた。

いよいよみんなで大《おお》きなステージに立《た》てる。

みんなでおそろいのユニフォームを着《き》て。

それに、ケニーがとうとうニューヨークへ戻《もど》る気《き》になって。

ステキなことがたくさん。

ステキなことって偶然《ぐうぜん》におこるんだと思《おも》ってた。

でも、ステキなことがおこるのは自分次第《じぶんしだい》なんだ！


翌朝《よくあさ》、あずさはダンス選手権《せんしゅけん》の会場《かいじょう》にむかうために、玄関《げんかん》から自転車《じてんしゃ》をひいてでてきた。

となりの家《いえ》を見《み》あげると、窓《まど》ごしに保《たもつ》が見《み》えた。

あずさは意《い》を決《けっ》して叫《さけ》んだ。

「保《たもつ》〜〜〜っ‼」

保《たもつ》が2階《かい》のベランダにでてきた。

「おはよう！」

「おう！　今日《きょう》、ダンス選手権《せんしゅけん》だろ。がんばれよ、観《み》にいくから」

「うん……あのね」

「ん？」

「ありがと！　あたしの、ダンスへの気持《きも》ち、保《たもつ》が気《き》づかせてくれたから、ここまでこられたんだよ!!」

「なにをいうかと思《おも》えば、大《おお》げさだなぁ～」

「それと、もうひとつ気《き》づいた……」

「なに？」


「保《たもつ》のこと、大好《だいす》きだから！」

保《たもつ》は一瞬《いっしゅん》、面食《めんく》らったような顔《かお》になった。

「じゃ、いってきます！」

あずさはあわてて自転車《じてんしゃ》に飛《と》び乗《の》った。

『ステキなことがおこるのは自分次第《じぶんしだい》。だから気持《きも》ちだけは伝《つた》えなきゃ……』

すると、うしろから、

「サンキュ～～！」

保《たもつ》の声《こえ》がひびいた。

あずさが振《ふ》りむくと、

「がんばれよっ！」

保《たもつ》は笑顔《えがお》で手《て》を振《ふ》った。

『結果《けっか》はまだわからないけれど……』

あずさは大《おお》きくうなずくと、力強《ちからづよ》くペダルを踏《ふ》んで駅《えき》へと走《はし》りだした。


ダンス選手権《せんしゅけん》の会場《かいじょう》は写真《しゃしん》で見《み》たより、ずっと大《おお》きくて立派《りっぱ》だった。

楽屋《がくや》に結衣《ゆい》やひなた、桜子《さくらこ》がきてくれて、あずさたちのメイクをしてくれた。

「踊《おど》ってるうちにメイクが崩《くず》れたら最悪《さいあく》だから、パウダーをこうして……」

桜子《さくらこ》が環《たまき》の顔《かお》におしろいをはたきこむ。

「ぷわぁぁ〜〜っ」

結衣《ゆい》があずさのリップを見《み》て、

「その色《いろ》より、こっちのほうが舞台映《ぶたいば》えするから」

「ホント!?」

ひなたも美香《みか》のアイシャドウを取《と》りあげて、

「そんなにぬったらケバい、ケバい!!」

「そぉかぁ？」

葉月《はづき》は手際《てぎわ》よくメイクをしながら、

「これでも子《こ》どものころはバレエで舞台《ぶたい》に立《た》ってましたから。愛海《まなみ》、眉毛太《まゆげふと》すぎですわよ！」

「えっ、そう？」

ワイワイいいながら支度《したく》をしていると、たちまち開始時間《かいしじかん》になった。

すごいチームが全国《ぜんこく》から集《あつ》まってきた。

そのダンスを見《み》て、あずさたちは緊張《きんちょう》マックス！

「みんなうまいですね……」

「うん……」

環《たまき》と愛海《まなみ》が不安《ふあん》そうだったが、

「こうなったら楽《たの》しく踊《おど》ろうよ」

「自分《じぶん》たちのために！　ですね」

「おお！」

「楽《たの》しんだ者勝《ものが》ちですわ！」

舞台《ぶたい》の袖《そで》から客席《きゃくせき》をのぞくと、ケニーはもちろん、保《たもつ》や慶太《けいた》、藤原先生《ふじわらせんせい》が応援《おうえん》にきてくれていた。

そして結衣《ゆい》やひなた、桜子《さくらこ》たちも席《せき》についている。

「次《つぎ》は藤沢中央高校《ふじさわちゅうおうこうこう》ダンス部《ぶ》。チーム・ジミーズ！」

アナウンスが流《なが》れた。

「よしっ！　いくよ!!」

あずさたちがポジションにつくと、音楽《おんがく》が流《なが》れはじめた。
次《つぎ》の瞬間《しゅんかん》、強《つよ》いスポットライトが一人《ひとり》ひとりを浮《う》かびあがらせた。
5人《にん》はお互《たが》いを見《み》、リズムを刻《きざ》みはじめた。
「Ｈｅｒｅ《ヒア》　ｗｅ《ウィ》　ｇｏ《ゴー》！」
かけ声《ごえ》とともに5人《にん》は踊《おど》りはじめた。
軽《かろ》やかで力強《ちからづよ》いステップを踏《ふ》みながら、躍動《やくどう》する体《からだ》。
まるでお互《たが》いの心《こころ》が見《み》えるかのように、息《いき》のあった動《うご》きでステージ中《じゅう》を飛《と》びまわる。
そしてひとりずつのソロパート。
一人《ひとり》ひとりがその個性《こせい》を生《い》かしたダンスで会場《かいじょう》をわかせる。
スポットライトに飛《と》び散《ち》る汗《あせ》が光《ひか》る。
グレードの高《たか》い技《わざ》なんてなかったけれど、心《こころ》をひとつにして踊《おど》る彼女《かのじょ》たちの姿《すがた》は清々《すがすが》しく見《み》えた。

あずさも、美香《みか》も、環《たまき》も葉月《はづき》も愛海《まなみ》もみんな最高《さいこう》の笑顔《えがお》でステップを踏《ふ》みつづけた。


結果《けっか》なんてどうでもいい。

楽《たの》しいからこのステージに立《た》ってるんだ。

自分《じぶん》らしくいこう！

大切《たいせつ》な友《とも》だちと一緒《いっしょ》に!!


力《ちから》いっぱい踊《おど》りきって、フィニッシュを決《き》めると、客席《きゃくせき》からスタンディングオベーションが巻《ま》きおこった。

保《たもつ》や慶太《けいた》、そして結衣《ゆい》や藤原先生《ふじわらせんせい》、ケニーたちの興奮《こうふん》した笑顔《えがお》がなぜかはっきり見《み》える。

『やったね、ジミーズ！』

あずさたちは上気《じょうき》した顔《かお》でお互《たが》いを見《み》て、ニッコリ微笑《ほほえ》んだ。

いままで味《あじ》わったことのない充実感《じゅうじつかん》があずさたちを包《つつ》んでいた。

すべてのダンスが終《お》わり、結果《けっか》が発表《はっぴょう》された。

第《だい》3位《い》、準優勝《じゅんゆうしょう》、優勝《ゆうしょう》……

チーム・ジミーズが呼《よ》ばれるなんてことは全然《ぜんぜん》期待《きたい》していなかった。

けれど、プレゼンターがいった。

「審査員《しんさいん》からの申《もう》し出《で》がありました。チーム・ジミーズ、努力賞《どりょくしょう》!!」

それを聞《き》いた瞬間《しゅんかん》、あずさたちは驚《おどろ》きのあまり顔《かお》を見《み》あわせた。

「うっそ……」

あずさの口《くち》からやっとそれだけでた。

立《た》ちつくすあずさたちを、ステージへかけあがってきたケニーがひっぱりだした。


〝努力賞《どりょくしょう》〟

それはあずさたちチーム・ジミーズにとっては、優勝《ゆうしょう》と同《おな》じくらい素晴《すば》らしい賞《しょう》だった。

みんなダンスが大好《だいす》きで、ジミーズの仲間《なかま》が大好《だいす》きだったからがんばれた。

その〝努力賞《どりょくしょう》〟だから。

それから、桜《さくら》のつぼみがふくらみはじめたころ、ケニーがニューヨークへ旅立《たびだ》つことになった。

あずさたちは、駅近《えきちか》くにある空港《くうこう》リムジンバスの停車場《ていしゃじょう》でケニーを見送《みおく》ろうと集《あつ》まっていた。

ケニーはバッグひとつの身軽《みがる》な旅支度《たびじたく》だ。

「ニューヨークって、まだ寒《さむ》いんだろ？」

美香《みか》がそういうと、

「風邪《かぜ》ひかないように気《き》をつけてください」

環《たまき》が心配《しんぱい》そうにうなずきながらいった。

「おお。まあ、里帰《さとがえ》りみたいなもんだから」

そこへバスがやってきた。

待《ま》っていた他《ほか》の客《きゃく》が次々《つぎつぎ》に乗《の》っていく。

「じゃあな、ＪＫ《ジェーケー》たち」

「うん！　元気《げんき》でね」

あずさがそういうと、

「あれ？　なんかないの⁇」

「⁇」

「ほら、こういう時《とき》って、もうちょっと感動的《かんどうてき》っていうか」

「？」

「ハグしあうとか、涙流《なみだなが》すとかさ～」

「こう見《み》えてわたしはかなり感動《かんどう》していますが」

環《たまき》が眼鏡《めがね》をなおしながらいうと、

「へぇっ、ケニーってそういうベタな展開《てんかい》が好《す》きなんだ」

「一生《いっしょう》の別《わか》れっていうわけじゃないし」

「ねえ？」

「日本《にほん》が恋《こい》しくなったらいつでも戻《もど》ってきて。うちの特製弁当《とくせいべんとう》、食《た》べさせてあげますわ」

美香《みか》、あずさ、愛海《まなみ》、そして葉月《はづき》もそういうと、

「ケニー！　最高《さいこう》!!」

5人《にん》そろってケニーにハイタッチの嵐《あらし》をあびせた。

ケニーもあわてて応戦《おうせん》し、

「OK《オーケー》！　JK《ジェーケー》たち！　おまえたちも最高《さいこう》だ！　自分《じぶん》のダンスを踊《おど》れ！　自分《じぶん》の人生《じんせい》を歩《ある》け!!」

そういってバスに飛《と》び乗《の》った。

「はい！」

あずさたちは声《こえ》をそろえていった。

バスのドアが閉《し》まった瞬間《しゅんかん》、あずさが叫《さけ》んだ。

「ケニー！　ありがとう!!」

ケニーはそれに応《こた》えるように窓《まど》ごしに手《て》を振《ふ》った。

バスが走《はし》りだし、あずさたちは手《て》を振《ふ》りながらそれを見送《みおく》った。

バスがどんどん小《ちい》さくなって見《み》えなくなるまで。

「それじゃ、戻《もど》って練習《れんしゅう》しますか！」

あずさがいった。

「だな」

「はい！」

「もちろんですわ！」

「いきましょう！」

5人《にん》は学校《がっこう》へむかって走《はし》りだした。

END

この本《ほん》は、映画《えいが》『ガールズ・ステップ』（二〇一五年《ねん》九月《がつ》公開《こうかい》／江頭《えがしら》美智留《みちる》脚本《きゃくほん》／東映《とうえい》）をもとにノベライズしたものです。

また、映画《えいが》『ガールズ・ステップ』は、集英社文庫《しゅうえいしゃぶんこ》『ガールズ・ステップ』（宇山佳佑《うやまけいすけ》／集英社《しゅうえいしゃ》）を原作《げんさく》として映画化《えいがか》されました。

集英社みらい文庫

ガールズ・ステップ

映画《えいが》ノベライズ

宇山佳佑《うやまけいすけ》　原作
影山由美《かげやまゆみ》　著
江頭美智留《えがしらみちる》　脚本

ファンレターのあて先
〒101-8050　東京都千代田区一ツ橋 2-5-10　集英社みらい文庫編集部
いただいたお便りは編集部から先生におわたしいたします。

2015年　8月10日　第1刷発行

発行者　鈴木晴彦
発行所　株式会社 集英社
〒101-8050　東京都千代田区一ツ橋 2-5-10
電話　編集部 03-3230-6246
読者係 03-3230-6080
販売部 03-3230-6393（書店専用）
http://miraibunko.jp
装丁　小松 昇（Rise Design Room）　中島由佳理
印刷　大日本印刷株式会社　凸版印刷株式会社
製本　大日本印刷株式会社

★この作品はフィクションです。実在の人物・団体・事件などにはいっさい関係ありません。
ISBN978-4-08-321283-3　C8293　N.D.C913　166P　18cm

恋《こい》と青春《せいしゅん》の
ダンスストーリーをまんが化《か》!
映画《えいが》とも
原作《げんさく》とも違《ちが》う
ケニーとのほのかな
恋展開《こいてんかい》も♡
デブに
ヤンキーに
地味子って
ダンス部《ぶ》も
仲間《なかま》も
諦《あきら》めるのか？
やだっ
諦めたくない―
2年生《ねんせい》になった途端《とたん》、ダンス部《ぶ》が廃部《はいぶ》の危機《きき》に!?
残《のこ》ったのはあずさと、やる気《き》のない3人《にん》だけ…。
そんな時《とき》、公園《こうえん》でケニーと出逢《であ》い、
ダンスのコーチをお願《ねが》いすることに。
新入生歓迎会《しんにゅうせいかんげいかい》で発表《はっぴょう》するために練習《れんしゅう》を始《はじ》めたけど――？
集英社《しゅうえいしゃ》マーガレットコミックス
ガールズ・ステップ
漫画《まんが》／かわにし萌《もえ》 原作《げんさく》／宇山佳佑《うやまけいすけ》
定価《ていか》 本体《ほんたい》 400 円《えん》+税《ぜい》
ガールズ・ステップ
漫画 かわにし萌 原作 宇山佳佑
Girls Step
MC

オススメ！　映画ノベライズ

咲坂伊緒《さきさかいお》・原作《げんさく》
松田朱夏《まつだしゅか》・著《ちょ》
桑村《くわむら》さや香《か》・脚本《きゃくほん》

好《す》きな人《ひと》に
好《す》きな人《ひと》がいても
好《す》き

ストロボ・エッジ

映画《えいが》ノベライズ　みらい文庫版《ぶんこばん》

高《こう》1の仁菜子《になこ》は
人気者《にんきもの》の蓮《れん》と出会《であ》い、恋《こい》に落《お》ちる。
でも、蓮《れん》には年上《としうえ》の彼女《かのじょ》がいて——。
"友達《ともだち》"というポジションにいながら、
蓮《れん》への気持《きも》ちがつもる
仁菜子《になこ》だが……!?

オススメ！ 映画ノベライズ

集英社みらい文庫
手帳《てちょう》とりちがえ
事件《じけん》発《はっ》生《せい》!
う〜ん
なにかわかった!?
イテテ…
ゴメンなさーい!
いっしょに手帳《てちょう》さがしをしていたら、
たくとのキョリがちぢまって……。
学校《がっこう》で変《へん》な
ウワサが!
もう、たくのバカ〜〜〜!!
たく
ひな
どうなる、ひなの恋《こい》!
手帳《てちょう》は見《み》つかるのか!?

「みらい文庫《ぶんこ》」読者《どくしゃ》のみなさんへ

言葉《ことば》を学《まな》ぶ、感性《かんせい》を磨《みが》く、創造力《そうぞうりょく》を育《はぐく》む……、読書《どくしょ》は「人間力《にんげんりょく》」を高《たか》めるために欠《か》かせません。たった一枚《いちまい》のページをめくる向《む》こう側《がわ》に、未知《みち》の世界《せかい》、ドキドキのみらいが無限《むげん》に広《ひろ》がっている。これこそが「本《ほん》」だけが持《も》っているパワーです。

学校《がっこう》の朝《あさ》の読書《どくしょ》に、休《やす》み時間《じかん》に、放課後《ほうかご》に……。いつでも、どこでも、すぐに続《つづ》きを読《よ》みたくなるような、魅力《みりょく》に溢《あふ》れる本《ほん》をたくさん揃《そろ》えていきたい。読書《どくしょ》がくれる、心《こころ》がきらきらしたり胸《むね》がきゅんとする瞬間《しゅんかん》を体験《たいけん》してほしい、楽《たの》しんでほしい。みらいの日本《にほん》、そして世界《せかい》を担《にな》うみなさんが、やがて大人《おとな》になった時《とき》、「読書《どくしょ》の魅力《みりょく》を初《はじ》めて知《し》った本《ほん》」「自分《じぶん》のおこづかいで初《はじ》めて買《か》った一冊《いっさつ》」と思《おも》い出《だ》してくれるような作品《さくひん》を一所懸命《いっしょけんめい》、大切《たいせつ》に創《つく》っていきたい。

そんないっぱいの想《おも》いを込《こ》めながら、作家《さっか》の先生方《せんせいがた》と一緒《いっしょ》に、私《わたし》たちは素敵《すてき》な本作《ほんづく》りを続《つづ》けていきます。「みらい文庫《ぶんこ》」は、無限《むげん》の宇宙《うちゅう》に浮《う》かぶ星《ほし》のように、夢《ゆめ》をたたえ輝《かがや》きながら、次々《つぎつぎ》と新《あたら》しく生《う》まれ続《つづ》けます。

本《ほん》を持《も》つ、その手《て》の中《なか》に、ドキドキするみらい――。

本《ほん》の宇宙《うちゅう》から、自分《じぶん》だけの健《すこ》やかな空想力《くうそうりょく》を育《そだ》て、〝みらいの星《ほし》〟をたくさん見《み》つけてください。

そして、大切《たいせつ》なこと、大切《たいせつ》な人《ひと》をきちんと守《まも》る、強《つよ》くて、やさしい大人《おとな》になってくれることを心《こころ》から願《ねが》っています。

２０１１年《ねん》　春《はる》

集英社《しゅうえいしゃ》みらい文庫編集部《ぶんこへんしゅうぶ》